KB273120

내가 만난 힐링 담양

내가 만난 힐링 담양

**대숲맑은 생태도시
담양답사기**

구은숙 외

이 책은 지난해 8월부터 11월까지 3개월 동안 담양군에서 공모한 담양 답사기 가운데 우수한 작품을 뽑아 엮은 것이다. 살아 숨 쉬는 담양의 아름다운 자연과 문화, 생태, 역사자원 등을 직접 보고 느낀 방문객들의 글을 책으로 발간하여 보다 많은 사람들에게 대숲맑은 생태도시 담양을 널리 알리기 위해서였다.

이 공모전은 모두 8개 분야로 나뉘어 진행되었는데, '대숲향기에 취해', '가사문학과 누정문화', '느리게 사는 즐거움', '걷기를 통해 나를 찾다', '금강산도 식후경', '오감만족', '내가 아는 담양을 당신께 소개합니다' 가 그것이다.

공모를 마감한 뒤 담양군에서는 필자와 설재록(소설가) 두 사람에게 심사를 의뢰하였고, 각 분야별로 금상(1명), 은상(1명), 동상(2명)을 가려 이 책을 발간하기에 이르렀다. 그런데 수상작들을 막상 분류하고 보니 서로 중첩된 내용이 적지 않았고, 처음 응모한 분야보다는 다른 분야에 더 적합한 글도 있어서 부득이 그 분야를 7개로 압축하고 몇 편의 글은 분야를 달리하여 편집하였다. 각 응모분야의 제목도 더욱 간결하게 다듬었다.

이 책은 담양을 방문한 평범한 이웃들이 더러는 서툰 솜씨로 한 땀 한 땀 수를 놓듯 공들여 쓴 글을 엮은 것이다. 그 전문성은 작가들의 글에 미치지 못하겠지만 투박함과 진솔함에서 오는 감동만은 결코 뒤지지 않을 것이라고 자부한다. 여기에 담양의 아름답고 소박한 풍치를 담은 다양한 사진들을 함께 편집하여 독자의 즐거움이 배가되기를 바랐다.

그동안 대숲맑은 생태도시 담양을 찾아준 경향각지의 수많은 분들, 나아가 담양답사기 공모전에 공들여 쓴 글을 보내준 응모자 분들께 감사드린다. 아무쪼록 이 책이 담양의 진면목을 널리 알리고 더욱 많은 분들이 담양을 찾을 수 있는 안내서가 되길 희망한다.

2013. 5.

소설가 문순태

첫째마당 대숲 향기에 취해

스무 살,
죽녹원을 거닐다

김린예

죽녹원
초록 나뭇잎, 올곧게 선 자태, 바람
결에 들리는 맑은 소리에 마음이
편해졌다.

행복한 느낌의 담양

　　담양, 소리 내어 말해 보면 어쩐지 오밀조밀한 느낌이 든다. 부족하지도 않고 과하지도 않게 다 갖춘 아름다운 곳. 담양이라는 이름은 내게 늘 그런 느낌을 주곤 했다. 이제 내 기억을 되짚어 담양을 불러 보면, 햇살이 한껏 비추는 행복한 느낌이 담양이라는 한마디에 가득 담겨 있다. 스무 살 설레는 마음이 가슴을 채우던 봄날의 즐거웠던 기억도 담겨 있다. 내게 다시는 돌아오지 않을 스무 살 풋풋한 이야기. 서울에서 담양까지 차로 네 시간, 꽤 오래 달려 도착한 담양에서의 하루가 달콤한 맛으로 떠오른다.

　　지난 4월 학술답사를 통해 처음으로 담양을 찾았다. 갓 대학에 입학해 아직은 새내기 티를 벗지 못한 스무 살의 봄이었다. 참 따스하고 행복한 느낌이 가득한 계절이지만 사실 지난 봄 나는 썩 행복하지 못했다. 대학 생활에 적응하느라 긴장도 채 풀지 못했을 뿐더러 낯을 가렸던 것인지 사소한 일에도 크게 상처 받고는 했다. 교육봉사를 통해 만난 학생들을 지도하는 일도 내게는 많이 버거웠다. 때문에 동기들과 처음으로 야외 활동을 나가는 게 무척 들뜨고 설레면서도 한편 마음이 무거웠다. 스무 살, 반짝반짝 빛날 것만 같은 그 이름에도 꽃샘추위처럼 시린 아픔이 있음을 나는 통감하고 있었다.

　　죽녹원의 나무 현판을 지나 나를 맞이한 것은 곧게 뻗은 대나무가 양옆에 가득한 계단길이었다. 초록 나뭇잎, 올곧게 선 자태, 바람결에 들리는 맑은 소리에 마음이 편해졌다. 담양의 파란 하늘보다 더 맑은 대나무 향이 재잘대는 여대생들의 시끄러운 소리가저 곱게 만드는 듯했다. 소 동상에 올라가 기념사진을 찍으며 들뜬 기색을 감출 줄 모르는 동기들을 보니 슬그머니 웃음이 나왔다. 때 묻지 않은 자연 속에 있어서일까, 서툰 화장에 가려져 있던 앳된 순수함이 물씬 느껴졌다. 단단하게 곧게 선 대나무가 시원한 바람에 춤추듯 흔들리는 모습도 압권이었다. 올곧은 줄로만 알았는데 편협하지도 않은 것을 그때야 알았다. 하나만 보고 속 좁은 사람처럼 굴었던 내 모습이 한없이 작게 느껴졌다. 자연의 모습을 보고 사람 사는 이치를 배웠던 선조들의 지혜가 틀림이 없음을 깨달았다. 서울에 살면서 자연에서 배우고 자연에서 자라는 법을 어느새 잊었던가 보다. 복잡한 서울에서 한숨 돌리며 자연을 만끽할 기회를 만들지 못했던 것이 못내 아쉬웠다.

맑은 울림 가득한 대나무 숲

오밀조밀한 느낌으로 내게 다가왔던 담양, 그 느낌 그대로 죽녹원 곳곳은 과하지도 부족하지도 않은, 적당하게 꽉 채워져 있었다. 어느 하나 과한 것이 없었다. 관광을 위해 지나치게 치장하거나 하지 않았다. 부족한 것도 없었다. 급하게 관광지로 정해 돈만 버느라 엉성한 모습도 없었다. 즐겁게 거닐며 좋은 추억을 만들 수 있는 아름다운 관광지였다. 다른 어느 곳에서도 느낄 수 없는, 담양이기에 만날 수 있는 맑은 울림이 가득한 대나무 숲이었다. 삼림욕이라고 하지 않고 굳이 죽림욕이라고 한 까닭을 처음에는 알지 못했지만, 이제와 생각해보니 담양만이, 대나무 숲만이 줄 수 있는 최상의 효과가 있어 죽림욕이라는 새로운 말이 필요했던 것이 아닐까. 어느새 겨울이 되어 다음 봄을 기다리게 되었지만, 아직도 지난 봄 담양 죽녹원을 거닐었던 기억이 생생하다.

철학자의 길, 죽마고우 길 등 이름도 아름다운 죽녹원의 여러 산책로를 가능한 많이 걸어보고자 긴 동선을 짜서 걸었다. 사람 손 닿지 않은 곳은 아니지만 오히려 사람 냄새 나는 모습들이 더 정겨웠다. 굽은 나무를 덜컹 잘라내서 곧게 만드는 게 아니라 굽은 모습 그대로 사람을 닮은 등불로 만

대나무 숲
단단하게 곧게 선 대나무가 시원한 바람
에 춤추듯 흔들리는 모습도 압권이었다.
올곧은 줄로단 알았는데 편협하지도 않
은 것을 그때야 알았다.

중요무형문화재 제53호 명예보유자. 채상
은 대나무를 얇고 가늘게 다스려서 물감을
입히거나 겉대와 속대의 서로 다른 색을
이용해 짠 상자나 바구니를 말한다.

든 것이 기억에 남는다. 무량수전 배흘림기둥이 아름답듯 제 모양 그대로를 살린 모습이 참 아름다웠다. 사람 손이 닿았지만 자연 그대로를 사랑하는 마음이 있어 자연 속에 곱게 녹아든 것 같다. 대나무 앞 휑한 자리에서 흥겹게 놀던 팬더도 생각이 난다. 너구 크지 않게, 너무 현란하지 않게, 딱 알맞게 자리한 녀석들이 있어 죽녹원 걷는 길이 더욱 사랑스럽게 느껴졌다. 사람 손에 무너진 자연만 익히 봐왔는데, 자연 속에 녹아들어 더없이 아름답게 된 모습을 보니 감회가 새로웠다. 하버드의 유구한 학관 외벽을 타고 올라가 건물 째로 뒤덮은 담쟁이덩굴이 페인트로 그린 벽화와는 다른 특별한 아름다움을 주듯이, 사람 손길과 자연이 조화를 이룸으로써 특별한 아름다움을 주는 것 같다.

시골집 대청마루에 앉은 듯한 편안함

산책로를 실컷 걷다 보니 매점, 기념품 상점 건물 아래로 채상장 전수교육관을 발견하게 되었다. 한쪽 방에서는 한 할아버지가 대나무 가닥을 고르고 계셨다. TV 앞에 앉아 부지런히 손을 놀리는 할아버지의 모습이 처음에는 의아했지만, 전수교육관에서 전시 판매 중인 아름다운 작품들을 보니 무척 놀라웠다. 할아버지가 열심히 고르고 계신 대나무 가닥으로 만든 것들이었다. 작품을 보면서 할아버지가 장인이시구나 하는 것은 알았지만, 중요무형문화재 제53호 채상장 서한규 장인이셨다는 것은 늦게야 알았다. 무형문화재 장인을 직접 본 것은 처음인데, 오가는 사람들의 호기심 어린 시선에도 선뜻 인사를 받아 주시면서 묵묵히 채상에 몰두하는 모습이 아직도 잊혀지지 않는다. 오랜 세월 걸어온 장인의 삶이 내 가슴에 묵직하게 박혀온 것 같다. 장인으로 산다는 것이 어떤 것인지는 잘 모르지만, 백발이 성성하도록 묵묵히 대나무 가닥을 고르는 그 손마디와 그 눈빛이 스무 살 내가 감히 넘볼 수 없는 대단한 것임은 잘 알 수 있었다.

　　짧지 않은 산책로를 지나 한옥채 하나를 둘러보게 되었다. 문득 마루 한쪽에 올려진 팻말이 눈에 들어왔다. '올라가지 마시오' 하겠거니 했는데, 웬걸 '신발을 벗고 올라오시오'라고 써 있는 것이 아닌가. 사람 냄새 가득한 풋풋한 온정에 한껏 웃음이 나왔다. 그 뒤편에 세워진 작은 청동 장승의 익살맞은 표정에도 기분이 들떴다. 대청마루에 양말발로 올라서니 선선했다. 한참을 올라 앉아 동기들과 사진도 찍고 한숨 쉬고 있으니, 처음 죽녹원에 들어섰을 때의 무거웠던 마음이 먼지 한 톨 남아 있지 않은 것이 느껴졌다. 이제는 없어진 우리 시골집 대청마루에 앉은 듯 편안한 마음에 실컷 기분이 좋았다. 지붕 뒤쪽에서 부서지듯 내리는 햇살마저 아름다웠다. 눈 여겨 보지 않으면 지나쳐갈 '신발을 벗고 올라오시오' 팻말 덕분에 잠시 편히 앉아 숨 돌릴 수 있어 더욱 즐거웠다.

마법 같은 힘이 있는 죽녹원

　　죽녹원에서의 달콤한 시간을 마치고 다시 현판 앞으로 내려왔다. 급급한 마음에 아까는 미처 보지 못했던 작은 물레방아에 시선이 미쳤다. 또 한 마리의 팬더가 익살스럽게 자리하고 있었다. 스무 살, 누구나 부러운 듯 불러보는 아름다운 시절에 잔뜩 주눅들어 있던 나에게 죽녹원 대나무 맑은 향이 얼마나 큰 위안이 되었는지. 서울 도로 옆에 힘겹게 선 은행나무는 줄 수 없는 마법 같은 힘, 죽녹원에는 그런 힘이 있었던 듯하다. 덕분에 죽녹원을 나서는 내 걸음도 마음도 한층 가벼웠다. 서울의 복잡함도 사람 사이에서 살아가는 숨 가쁜 순간의 상기된 마음으로 나를 기쁘게 하지만, 때때로 그 가운데서 숨 돌릴 틈을 찾지 못해 결국은 숨이 가쁠 때도 있다. 빠르게 흘러가는 도시 안에서 숨 돌릴 곳 찾기란 참 힘들다. 기껏 숨을 돌리고도 덜컥 주저앉기도 한다. 마음 깊은 곳까지 신선한 공기를 불어넣어 주는 곳을 서울에서는 찾기가 힘들었던 것 같다. 입시부터 대학 입학까지 일 년이 넘는 시간을 쉼 없이 달려왔던 나에게 담양에서의 하루는 큰 원동력이 되었다. 힘든 마음을 털어내고 새로운 마음 새로운 힘으로 달릴 수 있게 되었다.

김난도 교수가 『천 번을 흔들려야 어른이 된다』라는 책을 썼다. 흔들리고 아파하며 지쳐가는 아이들에게 우리 세대의 멘토 김난도 교수는 그 아픔이 얼마나 값진 것인지 이야기해 준다. 많은 대학생들이 『아파야 청춘이다』를 읽고 한 마디 한 마디를 곱씹었듯, 또 얼마나 많은 학생들이 그 책을 읽고 한 마디 한 마디를 곱씹을 것인가. 흔들리는 것이 두렵고 죄스러운 줄로만 알았던 내 삶에 죽녹원 대나무들은 천 마디 말보다 깊은 깨달음을 주었다. 흔들리지 않기 위해 안간힘을 쓰면 지친 기색을 떨쳐내지 못했던 스무 살의 봄, 내가 거닐었던 죽녹원의 대나무 길은 흔들리는 것이 얼마나 아름다운지 절실히 가르쳐 주었다.

대숲에 일렁이는 사랑이야기

이혜자

가난을 품어 안던 대나무 숲

대숲은 어릴 적 우리들의 간식거리로 사랑받던 칡뿌리를 캐러 사촌 형제들과 자주 드나들던 곳이다. 가장 연하고 맛있는 칡뿌리만 골라 나에게 한 아름 안겨 주던 사촌들의 후한 인심이 그리워서일까? 덜어내었다고 생각했던 욕심이 여전히 마음 한편에서 조바심으로 다가오는 토요일 아침, 덩달아 잃어버린 것이 많은 내 마음을, 풍성한 대나무의 고장 담양 인심으로 채워보고자 죽녹원으로 향했다. 어릴 적 우리 세대의 공통분모였던 가난과 시련을 품어 안던 대나무 숲은, 허기진 배와 호기심을 채우기에 안성맞춤인 다기능의 장소였기에, 지금도 난 콧날 시큰한 아픈 기억이 생각날 때면 곧잘 대숲으로 향하곤 한다. 좀 늦게 도착해서인지 먼저 온 여행객들을 태운 대형 차량 몇 대가 벌써 죽녹원 입구로부터 줄지어 빠져나가고 있었다.

죽녹원 대숲 길
서로를 간섭하지 않는 여유로움과 그 어
떤 유혹에도 굽힘이 없을 것 같은 올곧
음은, 이곳을 찾는 사람들에게 일러주는
대숲의 고귀한 가르침이 아닐까?

"오늘은 비가 와서 그렇지 날씨 맑은 날은 신호를 몇 번씩이나 받아도 진입하기 엄청 어렵지라."라며 그간의 죽녹원 풍경을 전해 주는 택시기사의 고향 사랑이 남달랐다.

'만남이 준비된 자들만이 들어갈 수 있다'는 성스러움을 나타내는 홍살문, 그 가운데 '죽녹원'이라는 커다란 안내판이 보였다. 안내판을 한자로 나타낼 법도 하건만 한글로만 나타낸 것은 그 누구라도 쉽게 찾아오라는 작은 배려인 것 같아 벌써부터 마음이 푸근하였다. 저마다의 추억을 담느라 분주한 홍살문 아래 많은 사람들을 보면서 택시 기사의 말이 지나침이 아님을 실감하였다.

내려갈 때 보았네
올라갈 때 보지 못한
그 꽃

고은 시인이 쓴 석 줄짜리 시의 행간에서 읽혀지듯, 새로운 발견이 넉넉함으로 내 마음의 허전한 빈자리 채우기를 기대해 보며, 죽녹원 입구에 있는 운수대통 길을 따라 올라갔다. 흐린 날 비를 머금은 검푸른 대나무 줄기는, 굵고 가늚이 뒤섞여 있어 마치 서예 초년생이 화선지에 먹물로 써 놓은 서툰 글씨 같았다. 작은 스침에도 잎새 가득 담고 있던 잔설을 스르륵 밀어내던 2010년 겨울 죽녹원의 모습과는 사뭇 다른 모습이었다. 죽녹원으로부터 초대받은 젊은 사진작가들이 꿈을 키우던 그때의 죽녹원이 젊음이라면, 지금은 초승달을 키워 보름달을 만들어 가는 연인들의 여망을 순화시켜 받아들일 줄 아는 이순耳順이라고나 할까? 성숙의 아름다움을 체득한 듯, 하늘 높은 줄 모르고 치솟은 이 가을 죽녹원의 대나무 숲은, 군자의 모습을 닮아 한층 고고해 보였다.

'고아한 군자가 거기 서 있다'

옥수수처럼 무언가 나올 것 같아 자꾸만 벗겨 보았지만, 쉽사리 모습을 드러내지 않던 어린 대나무순의 자존심이 바로 여기로 옮겨진 듯하였다. 대나무의 청초하고 우아한 모습을 '고아한 군자가 거기 서 있다'고 비유한 기오淇奧의 시 구절을 빌지 않더라도 사군자 중 가장 먼저 시와 그림에 넣었다고 하는 연유를 알 것 같았다. 굵고 가늚, 크고 작음을 탓하지 않고 어울려, 적당한 거리로써 서로를 간섭하지 않는 여유로움과 그 어떤 유혹에도 굽힘이 없을 것 같은 올곧음은, 이곳을 찾는 사람들에게 일러주는 대숲의 고귀한 가르침이 아닐까? 각자의 심성대로 자란 자유로움과 올곧음이 상반의 묘를 이루고 있다는 느낌이 들었다. 당당하면서도 여유로움을 갖는 대나무의 이 모습은, 어쩌면 우리 인간이 배워야 할 양보와 배려 그리고 불의에 굽히지 않는 군자의 덕목이 아닌가 싶다.

뒤따라 온 사람들의 낯섦을 배려하듯, 사람보다 먼저 올라간 작은 길들이 좋은 안내자로 자리매김하고 있는 죽녹원 산책길은 그 이름 따라 그동안 얼마나 많은 사람들의 이야기를 각기 다른 모습으로 품어 왔을까? 소곤소곤 속삭임을 나누는 연인들의 작은 발걸음에 동조하는 댓잎의 엷은 박수 소리가 이들의 즐거움을 다른 여행객들에게도 전해 주었다. 아빠 손을 잡고 잰 걸음으로 따라다니는 앙증맞은 꼬마아이를 보면서, 이제 겨우 말귀를 알아듣는 내 외손녀도 내년쯤이면 계절 따라 자연을 즐길 줄 아는 후조가 될 수 있으리란 작은 기대를 해보았다. 맞은편에서 이따금씩 마주치는 사람들이 반갑게 느껴지는 비오는 날의 대숲 길 탐방은 의외로 많은 것을 생각하게 하였다. 오르락내리락 여러 사람들의 무리 속에 왼쪽 다리를 절며 뒤따라가는 어느 삼십 대 초반 여자의 애처로운 발걸음이 눈에 띄었다. 죽녹원의 그 어떤 힘이 이처럼 어려운 발걸음을 이리로 오게 하였을까?

죽녹원 설경
흰 눈 속에서도 푸르름을 잃지 않는
대나무의 기상을 한껏 느낄 수 있다.

인심 좋은 아낙처럼 포근한 마음

굵은 대숲 한편으로 좁은 길이 나 있는 작은 동산이 보였다. 계절이 들고남을 말해 주는 길목이기도 한 곳이었다. 이제 막 붉은 빛으로 물들기 시작해 다 드러내지 못한 화려함으로 서 있는 옻나무 몇 그루와 신우대가 함께한 이 작은 동산은, 어쩐지 기개 높은 대나무에 주눅이 들어 있는 듯하였다. 측은함과 거기 또 다른 세상이 있을 것 같은 궁금함에 작은 오름길을 택했다. 유난히 붉고 질척한 황톳길이었지만 찾아주는 이의 마음이 고마워서인지, 신우대의 작은 뿌리들이 미끄럼방지 역할을 해주고 있어 걷기 편하였다. 마치 인심 좋은 아낙의 마음만 같아 푸근함마저 느껴졌다. 볼품없는 정상이었지만 기개 높은 고고한 대나무도 발아래 굽어볼 수 있는 상황과 그 처지가 묘한 조화를 이루고 있어 그나마 작은 위안이 되었다.

의향정義鄕亭이 있는 갈림길에는 그간의 고단함을 잠시 풀려는 듯 많은 사람들이 머물다 가곤 하였다. 젊은이들의 발자국들이 이곳저곳 굵은 발돋움을 해 갈 무렵, 댓뿌리 만큼이나 뼈마디가 불거져 나온 할머니의 거친 손을 꼭 잡은 어느 촌로村老의 애틋한 배려가 눈에 띄었다. 댓잎의 눈물이 겹겹이 흩뿌려지는 순간, 어린 시절 나만의 스토리가 만들어졌다. 까까머리 대여섯이 머리를 맞대고 키득거리며, 참외밭에서 몰래 따온 못난이 참외를 한 입 베어 물라치면, 어느새 헛기침을 하며 우리들 가까이 다가오셨던 할아버지에 대한 기억은, 지금도 서릿발 같은 무서움으로 대신하곤 한다. 웃음소리를 따라 가까이 다가오셨던 키 작은 호랑이 할아버지의 헛기침을 멀리 보내느라 숨죽이던 여름 대나무 밭의 기억들이 포말을 이루며 다가왔다.

누런 대나무 잎 둥지에서 나오는 어미 닭의 비밀을 발견할 수 있었던 건 어쩌다 햇볕 따스한 겨울날 우리 집 대나무 밭에서나 체험할 수 있었던 가장 기쁜 일이기도 하였다. 갓 낳은 달걀을 손에 쥔 기쁨에 겅중겅중 마당을 가로질러 뛰어오다, 무릎에 낸 상처로 닭똥보다 더 진한 눈물을 쏟아내던 기억이, 아버지 곁을 잰걸음으로 쫓아가는 여자아이를 따라 또 한 번일렁였다. 산란의 고통을 알지 못하는 어린 꼬마의 철없던 행동에 어미 닭은 얼마나 안타까웠을까?

칡덩굴과 어울리면 지혜롭고 배려 깊은 따뜻한 어머니의 품처럼 아늑한 곳이지만 곧디곧은 할아버지의 성품처럼 휘어짐을 인정하지 않는 엄격함이 공존하는 곳, 성글게 사이를 두고 많은 이야기를 담으면서도 금방 흘려버릴 줄 아는 너그러움과 여유를 가진 공간이어서 나는 지금도 대숲을 무척이나 좋아한다. 또한 애면글면하던 나를 볼 때마다 혀끝을 차며 에둘러 말하던 어머니의 사랑과 닮아 있기 때문이기도 하다.

선배와 함께한 죽녹원의 오늘 이 하루가 내 기억 속에 또 어떤 모습으로 자리할런지…….

5시 차를 타야 한다는 중압감으로 서둘러 나가는 길로 접어들었다. 미로처럼 복잡하게 느껴졌던 길을 따라 오른쪽 길을 택해 내려오고 보니, 처음 올라갔던 운수대통길과 죽마고우길의 갈림길 입구가 나왔다. 아직도 거두지 못한 불안의 긴 꼬리를 접어 보기라도 하려는 듯 운수대통길 입구는 여전히 많은 사람들로 붐비고 있었다.

곱디고운 단풍보다 더 아름다운 사랑

어느 촌로村老의 애틋한 배려와, 보름달 같은 마음을 키워가는 젊은 연인들을 만난 이 대숲에서의 인연을 난 이 가을 곱디고운 단풍보다 더 아름다운 사랑이라 말하고 싶다. '임금님 귀는 당나귀 귀' 라는 옛이야기의 주인공이 대숲에 던져 놓은 그 속 시원한 말 한마디는 아무데서나 남의 말하기를 좋아하는 사람들에게 전하는 이 얼마나 크고 아름다운 사랑의 메시지인가? 그 여운이 대숲 어딘가에 숨어 있을 것 같아 불편한 몸에도 이곳저곳을 기웃하여 보는 많은 사람들이 있음은, 힘겨움을 참아낸 자만이 느낄 수 있는 대숲의 사랑이 그리움으로 남아서일 것이다. 또한 아낙의 푸근한 마음처럼 여행객들에게 작은 위안을 줄 수 있는 소박한 옻나무 오름길이 대숲의 고고함을 부끄러워하지 않고 이웃해 있음에서이리라. 2003년부터 강산이 변할 만큼 긴 세월 동안 대숲이 만들어낸 소중한 사람들의 아름다운 이야기가, 올 겨울에도 댓잎의 잔설을 기다리며 이곳을 찾는 많은 사람들에게 더 큰 사랑으로 일렁이길 기대해 본다.

　아직도 해야 할 일이 많이 남아 있는 2012년, 잃어버린 용기와 삶의 가치를 바쁜 이 하루 속에 묻어두며, 잠시나마 이곳에서 얻은 즐거움으로 그간의 많은 어려움들을 밀어내고자 한다. 죽녹원 가로수 길에 뒹구는 설익은 단풍 한 잎에서, 아직은 때 이른 담양의 가을 한 자락을 느껴보며 막차인 5시 서울행 고속버스에 몸을 실었다. 함께 해서 아름다웠던 길을 여기에 두고 가려니 채우지 못한 아쉬움이 마음 한구석에 작은 미련으로 찾아들었다. 이 또한 죽녹원 대숲에 일렁이는 또 하나의 사랑이라 그리 말할 수 있을런지…….

죽녹원에서
인생을 논하다

김동수

CNN이 극찬한 한국의 명소

8월 4일 토요일 아침. 서산에서 꼬박 네 시간을 달려 전라남도 담양읍 향교리에 도착했다. 아, 이곳은 공기부터가 다르다. 서산이 비릿한 갯냄새가 특징이라면 이곳은 아쿠아향 비슷한 상큼한 풀냄새가 특징인 모양이다.

한여름의 찜통더위가 기승을 부리는 날씨임에도 이곳의 바람은 서늘하다. 바로 대나무 숲인 죽녹원 때문인가 보다. 저 멀리로 벌써부터 댓잎 서걱이는 소리가 들리는 듯하다. 고개를 들어 자세히 바라보니 검푸른 대나무가 치렁치렁 가지들을 늘어뜨린 채 하늘을 찌를 듯이 서 있다. 저곳이 바로 미국 CNN방송에서 그토록 극찬한 한국의 명소 '죽녹원'이다. 나그네의 눈은 금세 호기심으로 반짝인다. 웬만한 인내력이 아니면 저 푸른 녹색의 유혹에서 쉽게 벗어나지 못할 것 같다. 빨리 보고 싶다. 관방제림과

대나무 숲
한여름의 찜통더위가 기승을
부리는 날씨임에도 이곳의
바람은 서늘하다.

영산강의 시원인 관방천을 끼고 도는 향교를 지나면 바로 왼편이 죽녹원이다. 나와 아내는 자동차 뒷자리에서 제일 먼저 카메라부터 챙긴 다음, 발걸음을 서둔다.

웅장한 녹색의 대향연

충남 서산시 해미IC에서 서해안고속도로의 하행선을 타고 꼬박 네 시간 동안 운전만 하느라 딱딱하게 굳어 있던 팔다리가 이제서야 뻐근하게 저려온다. 우리 부부는 홍살문을 관통하는 울퉁불퉁한 돌계단을 하나씩 밟고 오르며 굳어 있던 몸을 풀어본다. 하나, 둘, 셋 돌계단의 숫자를 헤아리며 걷다 보니 어느새 대나무 사이로 불어오는 청량한 바람이 목덜미의 땀을 식힌다. 나는 잠시 멈춰 서서 대숲에서 불어오는 향긋한 바람을 만끽한다. 그리고 고개를 들어 천천히 대숲을 바라본다. 정말 웅장하다! 녹색의 대향연이다! 그동안 살아오면서 크고 작은 대나무 숲들을 보아왔지만 이렇게 웅장하고 넓은 대나무 숲은 처음이다. 8만 평에 빈틈없이 들어찬 수십만 그루의 왕대나무에서 내뿜는 음이온과 피톤치드가 방문객의 정서를 단번에 사로잡는다. 특히 대나무는 소나무보다 이산화탄소 흡수력이 4배나 높으며 다른 식물보다 아토피와 스트레스 치료효과도 탁월하다고 한다.

아, 죽녹원이 이토록 실용적이었단 말인가. 감상에 사로잡혀 잠시 멈췄던 발걸음을 다시 천천히 옮긴다. 왕대나무 밭에서는 댓잎 서걱이는 소리가 마치 바다울음소리처럼 신비롭게 들린다. 태곳적 추억을 상기시키듯, 업장業障 소멸을 발원하는 듯, 길게 때론 가늘게 이어지는 바람 소리를 들으며 죽녹원을 한 바퀴 둘러보았다. 산책길이 참으로 정갈하게 잘 꾸며져 있다. 대나무가 훼손되는 것을 막기 위해 숲 주변에 마른 대나무를 사용하여 울타리를 쳐 놨다. 하지만 일부 몰지각한 관광객들이 그 줄을 뚫고 들어가 대나무에 기어이 낙서를 해 놓았다. 그것도 날카로운 칼로 살아 있는 대나무를 후벼 파 놓은 것이다. 안타까운 생각이 들었지만 한편으로 생각해보면 얼마나 제 감흥을 주체하지 못했으면 낙서를 했을까 나름대로 그 심정이 이해가 될 듯도 하다. 바닥에 깔린 마른 댓잎의 촉감도 즐길만하다. 좀 더 위쪽으로 물러서서 관조하자니 대숲이 하나의 성벽이라 해도 손색이 없겠다. 주변의 하천은 천혜의 해자垓字요 출입구만 닫아걸면 바로 난공불락의 요새인 셈이다.

대나무처럼 올곧은 삶 살기를…

이런저런 생각을 하며 대숲을 걷자니 문득 문태준 님의 「강대나무를 노래함」이란 시가 생각난다.

마음에 벼린 절벽을 세워두듯 강대나무를 생각하면 가난한 생활이 비로소 견디어진다.

던져두었다 다시 집어 읽는 시집처럼 슬픔이 때때로 찾아왔으므로

우편함에서 매일 이별을 알리는 당신의 눈썹 같은 엽서를 꺼내 읽었으므로

마른 갯벌의 소금밭을 걷듯 하루하루를 건너 사라졌으므로

건둥건둥 귀도 입도 마음도 잃어 서서히 말라죽어 갔으므로

나는 초혼처럼 강대나무를 소리내어 떠올려 내 누추한 생활의 무릎으로 삼는 것이다.

내가 나를 부르듯 저 깊은 산 속 강내나무를 서럽게 불러 내 곁에 세워두는 것이다.

시인은 대나무처럼 올곧은 삶을 살기를 소원했을 것이고 그러다 보니

가난은 필연이었을 것이다. 마음에 벼린 절벽을 세워두듯 강대나무를 생각하면 가난한 생활이 비로소 견디어진다' 는 시인의 말이 비수처럼 가슴에 꽂힌다.

제1길인 '운수대통길' 을 한참 걷다보니 영화 〈알포인트〉촬영지란 간판이 보인다. 1972년 베트남 전쟁 당시의 실화인 로미오 포인트의 미스터리를 섬뜩하게 그려낸 영화 알포인트가 이곳에서 촬영되었다니 신기하기만 하다. 갑자기 영화의 한 장면처럼 베트콩들이 저 컴컴한 대숲에 숨어 있다가 튀어나와 총을 들이대며 "꼼짝 마!"를 외칠 것 같은 오싹한 기분이 든다.

제3길인 '샛길' 을 지나 제5길인 '사랑이 변치 않는 길' 에 들어섰다. 사랑하는 사람과 손을 꼬옥 잡고 걸으면 그 사랑이 변치 않는다고 한다. 마치 서울 남산의 자물쇠 길과 같은 원리인 것 같다. 변치 않는 것이 사랑이라지만 역으로 생각하면 그만큼 쉽게 변하는 것이 사랑이기 때문에 자꾸만 이런 길이 생기는 것은 아닐까 잠시 생각해 본다.

마파람에 게 눈 감추듯 비운 국수 한 그릇

이어서 제6길인 '성인산 오름길'과 제7길인 '철학자의 길' 을 통과하여 마지막 코스인 제8길인 '선비의 길' 을 빠져나오자 시간은 벌써 쏜살같이 흘러 12시가 넘었다. 마침 대숲 사이로 식당 하나가 보인다. 지친 다리도 쉴 겸 식당 안으로 들어섰다. 메뉴에는 듣기만 해도 침이 고이는 열무국수와 잔치국수가 큼지막하게 쓰여 있다. 한 그릇에 3,500원. 유명한 관광지치고는 가격도 꽤 저렴한 편이다. 국수를 주문하고 기다리는 동안 식당 안을 둘러보니 많은 사람들이 삼삼오오 모여 담소를 나누며 식사하는 모습이 정겹다. 10여 분 후 드디어 주문한 국

죽검은 재질이나 쓰임새에 따라
날이 선 진검, 날이 무딘 가검,
베기용 죽검, 장식용 죽검 등으
로 나뉜다.

수가 나왔다. 먹음직스런 열무가 듬뿍 얹어진 국수를 한 젓갈 떠서 입이 미어터지도록 먹었다. 우적우적 열무 씹히는 소리와 시원한 육즙이 일품이다. 천천히 먹으라는 아내의 타박을 들으며 나는 연신 감탄사를 연발하며 마파람에 게 눈 감추듯 국수 한 그릇을 순식간에 비워버렸다.

마지막 여정지로 죽녹원 내에 있는 기념품가게에 들렀다. 가게 안에는 각종 죽세공품들로 가득했다. 담양은 예로부터 300년 이상을 대나무로 명성을 떨치던 고장이라더니 과연 땅불허전이란 생각이 들었다. 용수, 바구니, 반짇고리, 옷상자, 죽석, 부채, 죽부인, 숟가락, 주걱 등등 없는 것이 없다. 생활에 필요한 도구는 뭐든지 대나무로 만들 수 있다고 한다. 가게 주인은 이곳에 있는 제품들은 모두 황토에서 자란 대나무로 만들어 비단처럼 곱고 부드럽다고 자랑했다. 아내는 전을 부칠 때 쓰면 좋겠다며 채반 하나를 사들고 가게를 나왔다.

대통밥
생죽을 바로 잘라 요리한 밥이라
대나무 본연의 향이 진하게 느껴
진다.

가게를 나오니 하늘은 벌써 잿빛으로 낮게 내려앉아 저녁 어스름을 재촉하고 있었다. 빨리 숙소를 찾아야 했다. 인터넷을 통해 사전 조사를 해 온 것이 얼마나 다행인지 몰랐다. 담양나드리펜션에 숙소를 정했다. 죽녹원과 아주 가까운 곳이다. 숙박료는 마침 토요일이라 14만 원이란다. 좀 비싸긴 했지만 담양의 주요관광지가 바로 지척에 있어 관광을 하기에는 최적이란 주인아주머니의 너스레에 하루를 묵기로 하고 흔쾌히 숙박료를 지불했다. 객실 안은 매우 청결하여 여행객이 머물기엔 안성맞춤이었다. 마치 호텔에 있는 듯한 착각이 들 정도였다. 서둘러 샤워를 한 뒤 간편복으로 갈아입고 저물어 가는 담양 땅을 내려다본다. 바람이 몰려올 때마다 상큼한 풀냄새가 난다. 녹색의 숲은 어느새 짙은 먹빛으로 물들어가기 시작한다.

대나무 본연의 향 배인 대통밥

문득 배가 고프다는 생각이 든다. 배고픔은 슬픔이고 슬픔은 사람을 우울하게 만든다. 슬픔이 심해지기 전에 어서어서 저녁을 먹어야 한다. 담양은 아무래도 대나무가 특산품이니 대통밥을 맛보아야 하는 것은 당연지사. 마음씨 좋게 생긴 펜션 사장님께 물으니 간드러진 전라도 사투리로 죽녹원의 대통밥을 소개해 준다.

저물어 가는 담양의 석양을 바라보며 우리 부부는 대통밥을 먹는다. 생죽을 바로 잘라 요리한 밥이라 대나두 본연의 향이 진하게 느껴진다. 밥을 떠먹을 때마다 대나무의 진한 향이 돈에, 가슴에, 추억에 스며드는 느낌이다. 그래 이 기분이다. 이것이 행복이다. 이대로 저대로 되어 가는 대로 바람치는 대로 물결치는 대로 밥이면 밥, 죽이면 죽, 이대로 살아가고 옳으면 옳고 그르면 그르고, 저대로 맡기며 살리라. 나는 또 다른 대나무 시 한 편을 읊조리며 담양에서의 첫날밤을 그렇게 마무리하고 있었다.

죽녹원의
향긋한 대바람 소리

최병영

고향 같은 씻김의 쉼터

살랑살랑 바람이 붑니다. 댓잎이 사운거립니다. 통통한 햇살이 댓가지에 앉아 은어처럼 빛을 산란합니다. 은어는 산란을 위해 끊임없는 고행으로 물결을 거슬러 고향의 개여울을 찾는 어종입니다. 대숲은 고향입니다. 내 어릴 적 고향집에도 대숲이 있었습니다. 학교에서 돌아와 표지가 낡은 소월 시집 한 권 들고 자주 대숲에 들었습니다. 댓잎향이 소월 시처럼 향기로웠습니다. 대숲에 든 푸른 바람이 무척 청량했습니다. 댓잎이 바람의 길을 터줄 때면 호수처럼 깊은 하늘로 뭉게구름 한 자락 두둥실 떠가고 있었습니다. 대숲은 마음이 평온하고 청정해지는 씻김의 쉼터였습니다.

죽녹원 입구에 들자 이내 시원한 댓바람이 등줄기를 적셔 옵니다. 신선한 대숲 바람이 까칠해진 영혼의 결을 빗질해 줍니다. 죽녹원 8길 중 먼저 운수대통길에 들어섰습니다. 야트막한 언덕길을 오르니 대숲 속에 탁 트인 광장이 펼쳐집니다. 재미삼아 동전 던지기를 하기로 했습니다. 좁다란 대나무 구멍에 동전이 들어가면 한해 내내 운수가 좋다고 합니다. 거리를 재고 정신을 집중하여 몇 차례 던졌으나 들어가지 않았습니다. 개구쟁이 때는 동네선수였는데도 말입니다. 지금까지 내 생은 운수대통과는 인연이 먼 것이었습니다. 그냥 하루하루에 충실한 삶, 풍요롭지는 않지만 그런 행보로 자족하며 살아온 삶이었습니다.

왕대들이 이룬 숲의 터널

아기자기한 돌계단을 밟고 죽마고우길에 들어섭니다. 빼곡한 대숲에 오후의 햇살이 비켜듭니다. 개구쟁이들이 고샅에서 구슬치기를 하고 있습니다. 몇 녀석은 딱지치기도 하고 자치기를 하기도 합니다. 한 녀석은 플라타너스 그늘에서 고무줄놀이 하는 여자애들에게 살금살금 다가가 치마를 들치고 도망칩니다. 여자애가 울고, 그 녀석이 선생님에게 끌려가 벌을 받고 있습니다. 죽마고우들과 함께 교문 밖 길을 걸었습니다. 언덕을 넘고 개울을 건너 산모롱이를 돌아갔습니다. 때로는 우장도 없이 걷는 그 길에 비바람 몰아치고 눈발이 들이쳤습니다. 그렇게 걷다가 문득 돌아보니 어느새 개구쟁이들의 머리에 하얗게 서리가 내려앉았습니다. 세월은 참으로 수유須臾이고 찰나刹那임을 절감합니다.

사랑이 변치 않는 길로 접어듭니다. 하늘 높이 쭉쭉 뻗은 왕대들이 숲의 터널을 이루다 가만가만 길을 터줍니다. 두어 발자국 뒤에서 따라오는 아내를 기다려 손을 잡습니다. 젊을 때는 참으로 예쁜 손이었습니다. 그 손이 어느 결엔가 솔 껍질처럼 투박해졌습니다. 오래전엔 그 예쁜 손에 최대한 물을 묻히지 않게 해 주겠다고 허언虛言을 하기도 했습니다. 공무원 박봉으로 험난한 생활을 여미다 생긴 옹이 자국입니다. 손마디마다 아픔의 자국이고 한숨의 자국입니다. 예전 같으면 벌써 아랫것들에게 살림살이를 떠넘겼을 나인데도 여전히 손에 물을 묻히며 살고 있습니다. 미안한 마음에 가슴이 뭉클해져 손을 꼬옥 쥐어 봅니다.

청춘의 연인들이 폭포를 배경으로 사진을 찍느라 여념이 없습니다. 대나무와 폭포수가 어우러져 만들어 내는 음이온으로 인하여 사랑하는 이가

가장 아름답게 보인다는 곳입니다. 빼곡한 대숲을 배경으로 하여 돌 사이로 떨어지는 물줄기가 맑기 그지없습니다. 음이온 때문인지 오늘따라 아내가 참 예뻐 보입니다. 젊은 연인들에게 부탁하여 다정히 사진 한 장 찍습니다. 아내와의 사진을 늘 수첩에 갈무리하기로 작정했습니다. 호젓이 주위를 에워싼 대숲이 안락하고 평화롭습니다. 세속의 잡다한 까끄라기들이 말끔히 정화되어 갑니다. 댓잎이 가장 아름다운 자연의 선율로 대금 산조를 연주해 줍니다.

대나무 숲
호젓이 주위를 에워싼 대숲은 안락하고 평화롭다. 세속의 때를 말끔히 씻어 준다.

성인산 오름길과 철학자의 길

성인산 오름길을 걷습니다. 성인산은 담양향교 뒤편을 감싸고 있는 산입니다. 담양에서는 이 산이 공자의 인의예지신仁義禮智信을 뜻한다고 믿어왔다 합니다. 곧 어짊과 의로움과 예의와 지혜와 믿음을 뜻하는 덕목들입니다. 공자의 오덕은 인간으로서 살아가기 위해 꼭 필요한 인성입니다. 그런데 오늘날에는 학교에서조차 인성교육이 사라지고 있습니다. 핵가족화되면서 자연스럽게 이루어지던 밥상머리 교육도 사라진 지 오랩니다. 인성교육이 부실해지자 공공의 질서가 무너지고 공동체 의식이 실종되고 있습니다. 극단적인 이기주의와 자기중심적 사고가 팽배하면서 세상에는 연일 끔찍한 범죄들이 자행되고 있습니다. 서둘러 인간으로서의 필요덕목들에 대한 교육이 실행되어야 하겠습니다.

철학자의 길에 들어섭니다. 호젓하고 아늑하여 사색하기에 안성맞춤인 길입니다. 댓잎을 스치는 바람 소리만으로도 저절로 사념에 잠기게 됩니다. 댓잎이 터주는 대로 대숲 길을 걸으며 지나온 발자국을 뒤돌아봅니다. 당당하고 자랑스러웠던 날보다는 부끄럽고 의기소침했던 날들이 훨씬 더 많은 삶이었습니다. 이상실현을 위한 도전과 개척의 의지보다도 현실에 안주하고 편승하는 생으로 일관하기도 했습니다. 이제라도 좀 더 의미 있고 가치 있는 발걸음을 내디뎌야겠습니다. 앞만 바라보고 달려오던 관습에서 벗어나 주위도 살피고 뒤도 돌아보면서 좀 더 차근차근히 걸어야겠습니다. 주위 사람들과 함께 댓잎 향긋한 길을 도란도란 정겹게 걸어야겠습니다.

선비의 길에 들어서자 대나무가 더욱 의미 있게 느껴집니다. 부러지면 부러지되 결코 휘어지지 않는 강직함과 올곧은 기개가 참으로 가상한 식물입니다. 눈 속에서도 결코 푸름을 잃지 않고 사시사철 청록으로 살아가니 대쪽 같은 선비의 품성을 지녔습니다. 속 비우고 겉을 단단히 다졌으니

관방제림

영산강 상류인 관방천의 물길을 다스
리기 위해 축조한 제방. 우람한 나무
들이 싱싱한 이파리를 펼치고 있다.

죽로차
댓잎 이슬을 먹고 자생
한다고 한다.

세속적 욕구에 초탈한 선각자의 모습이기도 합니다. 게다가 겨울에는 매운 북풍을 막아주고 여름에는 시원한 바람을 들여 주위를 이롭게 하는 덕까지 지녔습니다. 문득, 요즘에는 대쪽 같은 선비를 만나기가 참으로 어려워졌다는 생각이 듭니다.

대나무는 서민적이어서 정겹습니다. 가볍게 이웃집 마실 나가는 아낙처럼 일부러 꾸미지 않는 소박한 품결을 지녔습니다. 그러기에 대나무를 소재로 하는 죽제품들은 모두 실용적인 특징을 지녔습니다. 대나무는 육십여 년에 걸쳐 단 한 번 꽃을 피우고 장엄히 생을 마친다고 합니다. 대나무는 그렇게 치열하게 살다가 명징하게 삶을 정리하고 무의 세계에 듭니다. 대나무는 고결하고 빼어난 성품을 지녔습니다. 그러기에 고산 윤선도는 「오우가」에서 물, 돌, 소나무, 달과 더불어 대나무를 자연의 벗으로 예찬하고 있습니다. 맹종지효孟宗之孝라는 말도 있습니다. 눈이 쌓인 겨울에 죽순을 캐어 부모님께 효도했다는 옛이야기입니다. 대나무는 바로 인간의 생활이고 가르침이고 정신입니다.

시인의 은은한 대숲 노래

출구 가까이 이르니 목가적牧歌的 서정시인 신석정님의 「대숲에 서서」라는 시가 눈길을 끌어갑니다. 치장하지 않은 나무판에 써서 대숲 입구에 동여맨 소박한 시 한 수가 각별한 느낌으로 와 닿습니다. 시인의 대숲 노래에서 풍기는 은은한 향이 참으로 감미롭습니다.

　　　대숲으로 간다

　　　대숲으로 간다

　　　한사코 성근 대숲으로 간다

　　　자욱한 밤안개에 벌레 소리 젖어 흐르고

　　　벌레 소리에 푸른 달빛이 배어 흐르고

　　　대숲은 좋더라

　　　성글어 좋더라

　　　한사코 서러워 대숲은 좋더라

　　　꽃가루 날리듯 흥근히 드는 달빛에

　　　기척 없이 서서 나도 대같이 살거니.

　전망대에 오릅니다. 거침없이 탁 트인 진녹색 들녘이 한 폭의 수채화입니다. 관방천변의 우람한 나무들이 기운차게 싱싱한 이파리를 펼치고 있습니다. 영산강 상류인 관방천의 물길을 다스리기 위해 제방을 축조하고 길 따라 나무를 식수하였다고 합니다. 팽나무, 느티나무, 이팝나무, 엄나무가 거대한 풍치림을 이루어 시원한 그늘을 드리우고 있습니다.

　이제 댓잎 이슬만 먹고 자생한다는 죽로차竹露茶 한 잔 마시며 오늘 답사에 대한 종결부호를 찍어야겠습니다. 죽로차로 인하여 내 마음도 이슬처럼 맑아지기를 소망합니다. 오늘부터 정성스럽게 이슬 맑은 마음의 대밭에 튼실한 죽순 한 그루 가꿔야겠습니다. 죽순이 표피를 벗고 청대가 될 즈음엔 주위에 댓잎 향이 무척 향기로울 겁니다.

죽녹원과
한국대나무박물관

김진복

선비의 곧은 절개 상징하는 대나무

정권의 혼돈 시기에 선비들이 즐겨 그렸다는 사군자는 은둔생활을 하는 선비들의 소일거리로 한 몫을 하였다고 한다. 그중 '대나무는 선비의 곧은 절개를 뜻한다.' 라는 말을 들은 적이 있다. 나무 밑둥서부터 우듬지까지 나무대가 구부러짐 없이 하늘을 향해 우뚝 자라는 대나무는 사철 푸르다. 대나무의 자라는 품성을 보고 선비가 가져야 할 덕목을 지녔다 하여 사군자에 대나무를 넣었나보다.

우리나라에서 대나무가 가장 많이 심어진 고장 담양. 대나무 숲에서 나오는 맑은 공기를 흠뻑 마시며 걷고 싶어 이 여름 담양으로 떠났다. 고속도로를 빠져나와 담양 시내로 들어가는 길부터 수령 깊은 나무들이 빽빽이 들어서 있는 것이 보였다. 옛날부터 길 가는 나그네들이 덥지 않도록 배려하기 위해 길가에 나무를 심어 '가로수도시' 를 만들었나 싶었다.

죽녹원
담양하면 대나무, 대나무하면 유명
한 죽녹원이다. 대나무 숲을 흔들어
대다 빠져나온 바람이 더운 땀을 씻
어 주려는 듯 간간이 불었다.

죽부인
담양 죽제품은 재질이 단단하
여 무겁고 표면이 매끄러워
전 세계적으로 으뜸이다.

죽녹원과 대나무공예판매점

담양하면 대나무, 대나무하면 유명한 죽녹원이다. 그래서 제일 먼저 죽녹원을 찾았다. 입구에 들어서니 대나무 숲을 흔들어대다 빠져나온 바람이 더운 땀을 씻어 주려는 듯 간간이 불었다. 죽녹원 오르막길을 바라보니 빽빽이 들어선 대나무들의 그림자로 산행이 힘들 것 같지 않았다. 대나무 향기 가득한 죽녹원을 오르다 보니 조그만 정자가 쉬어가라는 듯 나를 기다리고 있었다. 대숲 향기에 취해 앉아 쉬고 있는데 정자 기둥에 벌레 물린 데 바르는 약인 ‘써버 쿨’이 줄에 매달려 있었다. 나는 ‘써버 쿨’을 보며 담양 사람들의 섬세한 마음씨에 감동을 받았다. 여름 산을 오르다 벌레에 물리면 가려워 자꾸 긁게 된다. 피부트러블로 병원을 찾아야 하는데 이런 것을 대비하여 정자에 벌레 물린 곳을 가라앉게 하는 약을 준비해 놓다니 과연 ‘유비무환’이 따로 없었다. 전국 어디를 가도 받을 수 없었던 손님 대접을 말없이 실천하는 담양은 과연 선비의 고장이라는 것을 알게 해 주었다.

죽녹원에서 내려오는 길 대나무 공예 판매점 옆으로 대나무 공예 무형문화재의 전시관으로 가는 길이 있었다. 나는 대나무 공예전시관으로 들어갔다. 전시관에는 대나무를 이용한 생활용품과 악세사리 작품들이 전시되어 있었다. 창문이나 문 앞에 치는 발과 알전구에 씌워 빛의 색깔을 분위기에 맞도록 연출하는 갓과 차 열쇠 장식품, 액자의 그림을 대신하여 여러 가지 모양과 색을 입

대나무 도시락함

힌 작품들이 있었다.

그중 우리와 친숙한 것은 대나무 부채였다. 대나무 모양을 예술적으로 표현하기 위해 갖가지 방법으로 구부려 한껏 멋을 부린 부채며 무더운 여름날 휴대하기 편리하고 보관하기 좋게 만든 접이식 부채, 한지를 덧대어 바른 일반 부채 등 부채의 모양이 생각보다 다양했다. 대나무는 우리 선조들의 일상생활에 아주 유용한 재료로 사랑을 받아 왔다는 것을 알 수 있었다. 이뿐 아니라 생활물품을 담는 장롱과 장식장으로 만든 모습을 보니 대나무가 고마웠다. 무더운 여름날 상하기 쉬운 밥을 보관하는 바구니도 있었고, 잠을 잘 때 바람이 통해 잠이 잘 오도록 만든 죽부인도 있었다. 이 중 내가 즐겨 사용했던 것은 부채이고, 죽부인은 다른 특산품 상점이나 한국 민속촌에서 본 것들이라 익숙했지만 다른 물품들은 선조의 지혜가 묻어 있구나 하는 것을 새삼 느꼈다.

이곳에서 나는 더위를 식힐 부채를 하나 샀다. 대나무 공예 장인이 만든 작품이지만 값이 부담스럽지 않아서 만족했다. 부채 위에 장인의 제자가 '축복합니다 채상 인간문화재' 라고 써주셔서 더 흐뭇했다. 사진을 한 장 찍어 줄 수 있냐고 청하니 선뜻 응해 주셔서 담양의 후한 인심과 감사함을 느꼈다.

은은하고 쫄깃한 맛, 대통밥

대나무 부채로 바람을 뿜으며 내려오는 길, 산에서 담양 시내를 내려다보았다. 푸른 산으로 둘러싸인 담양의 전경, 잘 정비된 도로변 고목의 행렬이 땡볕에도 한껏 푸르러 있었다. 이때 나는 담양 땅에 나무를 심으셨던 선조의 고마움을 생각하였다. 미래를 보는 마음으로 나무를 심어 후손에게 아름다운 자연을 물려 주셨구나하는 생각을 했다. 저 가로수들은 긴 시간 바람과 햇빛이 번갈아가며 쓰다듬어 주고 폭풍이나 폭우에도 꺾이지 않았으며 한파에도 죽지 않고 자랐다. 도시를 개

대통밥
대통에 찹쌀과 갖가지 견과를
함께 넣어 지은 밥 냄새가 식감
을 돋우었다. 대나무의 진액이
녹아들어서인지 맛이 은은하고
쫄깃했다.

발한다고 베어내지 않고 지금껏 가로수로 서 있게 한 것은 담양이 자연 사
랑정신을 실천한 도시임을 말해주었다.

이곳 죽녹원을 찾아온 사람들의 활기찬 걸음을 보니 마치 대나무 향기가
사람들의 시름을 맑게 씻어 준 듯했다. 남도의 먹거리로 이름난 대통밥을 먹
으러 우리는 식당으로 들어갔다. 대통밥은 대나무의 고장 담양의 자랑거리
이다. 대통에 찹쌀과 갖가지 견과를 함께 넣어 지은 밥 냄새가 식감을 돋우
었다. 대통밥을 먹어보니 대나무의 진액이 녹아들어서인지 맛이 은은하고
쫄깃했다. 반찬 가지 수가 10여 가지가 넘었다. 나물, 버섯, 생야채, 물김치,
젓갈, 죽순회 등이 식욕을 돋우었다. 특히 곰삭힌 조선 된장으로 끓여낸 된

한국대나무박물관
현대식 건물에 빛을 이용하여
대나무를 돋보이게 하는 조형이
예술 작품처럼 보였다.

장찌개는 자연이 인간에게 내린 보약인 콩이 오랜 시간 숙성되는 동안 햇빛과 바람 그리고 미생물의 조화, 바다의 명약 소금이 어우러져 한민족의 식탁에 끊임없이 오른 음식인데 이곳 된장찌개는 장인의 손을 거치었는지 깊은 맛으로 나의 허기를 든든히 채워 주었다.

선조들의 지혜가 숨쉬는 대나무박물관

식사 후 찾아간 곳은 대나무 박물관이다. 대나무 박물관을 들어서니 현대식 건물에 빛을 이용하여 대나무를 돋보이게 하는 조형이 예술 작품처럼 보였다. 전시관에는 마음이 있는 곳에 대나무가 있고, 대나무가 있는 곳에 마음이 있는 담양은 대나무가 자라기에 알맞은 기후와 토질을 지녔다는 설명이 있어 왜 담양이 대나무가 많은지 알게 해 주었다.

제1전시실 유리 부스 안에는 대나무의 특성이 설명되어 있었다. 거기에는 담양에 자생하는 대표 대나무를 전시하였고 대나무의 뿌리와 줄기 단면을 그대로 전시하여 대나무의 모양을 직접 잘라보거나 뽑아보지 않아도 알 수 있게 하였다.

제2전시실에 들어가 보니 대나무 재배 방법과 대나무 채취에 사용하는 도구 그리고 죽세공예품을 제작할 때 사용하는 도구들이 전시되어 있었다. 뿐만 아니라 담양의 전통가옥을 배경으로 죽세공예를 제작하는 모습을 인형들로 재현하였다. 죽세공예를 어떻게 제작하였는지 잘 알 수 있었다. 그리고 죽세공예의 명맥이 끊이지 않도록 후계인을 양성하는 모습도 영상으로 볼 수 있었다. 이 영상을 보니 대나무가 자라서 하나의 작품으로 우리에게 사랑받고 실생활에 쓰이기까지는 많은 땀과 노력이 배어 있구나 하는 것을 알게 되었다. 또한 대나무가 시대에 따라 어떻게 변천하였는가를 알기 쉽도록 조선, 근대, 현대에 이르기까지 대나무 제품을 전시해 놓아 시대에 따라 크기와 쓰임새가 다르다는 것 또한 알게 되었다.

제3전시실에는 죽제품 경진대회에서 수상한 생활 공예품이 진열되어 있었다. 대나무에 장인의 혼을 불어넣음으로 탄생한 아름다운 예술작품들이었다. 자연은 인간에게 어머니처럼 무한한 사랑을 베푼다는 것을 깨닫게 되었다.

제4전시실을 들어가니 60~70년대를 배경으로 죽물시장의 모습을 재현하고 있었다. 산업이 발달하지 않았을 때는 자연이 우리 삶의 전부였다는 것을 알 수 있었다. 이제 산업의 발달로 수작업을 해야 하는 죽세공예의 맥이 끊어질 것 같은 위기감도 들었다.

제5전시실에서는 대나무가 약재로 쓰인다는 것을 알았다. 대나무를 굽는 과정에서 나오는 죽초액은 탈취제, 천연소독제, 병충해 기피제로 쓰이

한국대나무박물관 전시실
부채와 대바구니 등 다양한
죽공예품이 눈길을 끈다.

며, 대나무 줄기나 죽순 잎은 살균 작용하는 효능이 있어 이 즙을 잘 정제하면 아토피 치료나 무좀치료, 당뇨병 치료 등에 이용할 수 있다고 써 있었다. 우리 집에서도 죽염치약으로 매일 양치를 하는데 이 치약에도 대나무의 효능이 들어 있었다. 소금을 대나무 구멍에 채우고 9번 구우면 명품 죽염이 되어 사람에게 건강을 선물해 준다. 또한 대나무의 죽순은 건강식으로 사람들에게 사랑을 받으며, 동의보감에는 대나무 한방 치료법이 있다고 하였다. 곧바로 대나무 체험관과 영상홍보관 그리고 대나무 명인들이 만든 작품들을 감상하였다. 여기서 죽녹원에서 만난 장인의 작품을 보니 더욱 반가웠다.

'자연과 순응하며 살아라'

　　　　대나무 박물관을 나오면서 우리 선조들은 자연 속에서 자연의 혜택을 입으며 자연과 순응하는 삶을 살았다는 것을 알았다. 더욱이 대나무가 생활뿐 아니라 우리의 건강에도 도움을 준다는 것을 알고 보니 대나무가 더욱 소중하게 다가왔다.

　우리는 늘 새로운 것에 대한 호기심이 있다. 그래서 새로운 것을 찾아 개발하고 사용한다. 그러한 것 중 자연 중심이 아닌 인간의 편리함만 생각하고 만든 제품들이 있다. 즉석식품은 맛있고 손쉬우나 이것을 먹을수록 건강이 위협받는다. 그러나 자연이 준 음식은 삶의 힘이 되며 병든 몸까지 고쳐준다. 어디 이뿐이랴. 무더운 여름 에어컨을 켜고 살면 냉방병이나 감기 몸살 등 여러 가지 병에 걸릴 수 있지만 대나무로 만든 부채를 이용하여 더위를 쫓든지 죽부인을 곁에 두고 잠을 청하며 손힘은 들지 모르지만 병은 들지 않는다.

　자연을 거스르지 않고 살았던 선조의 지혜. 담양은 나에게 이 여름 '자연과 순응하며 살아라' 라는 가르침을 주었다.

담양 10경

가마골생태공원　담양군 용면 용연리에 있는 용추산(해발 523m)을 중심으로 사방 4km 주변을 가마골이라고 부른다. 여러 개의 깊은 계곡과 폭포, 기암괴석이 수려한 경관을 이루고 있어 사시사철 관광객의 발길이 끊이지 않는 곳이다. 영산강의 시원인 용소를 바라볼 수 있는 곳에 정자와 출렁다리가 있고 1986년부터 관광지로 지정, 개발되어 각종 볼거리, 편의시설, 운동시설, 등산로 등이 잘 갖추어져 있다.

추월산　담양읍에서 북쪽으로 14km쯤 가면 전남 5대 명산 중의 하나인 추월산(해발 731m, 전라남도 기념물 제4호)을 만나게 된다. 각종 약초가 자생하고 있어 예로부터 명산으로 불렸으며, 진귀종의 추월산 난이 자생하는 곳이다. 정상에 오르면 기암절벽이 장관이고 산 아래 널찍하게 펼쳐진 담양호와 어우러져 절경을 이룬다. 하부는 비교적 완만한 경사를 이루고 있는데 노송이 빽빽이 들어차 여름이면 관광객들의 더없는 휴식처가 되고 있다. 담양호와 만나는 지점에 관광단지가 조성되어 있다.

금성산성　산성산(해발 605m)은 용면 도림리와 금성면 금성리에 위치하며 담양읍에서 북동쪽으로 약 6km 떨어져 있다. 금성산성(사적 제353호)은 고려시대에 쌓은 것으로 전해오며 산성의 둘레가 7,345m이다. 정유재란, 동학혁명 등 호국전적지로 밖에서는 성문 안을 전혀 엿볼 수 없는 형세이며, 임란 이후 장성의 입암산성, 무주의 적상산성과 더불어 호남의 3대 산성으로 알려지고 있다. 산성의 동문 밖 길은 관광명소인 전북 순창군 강천사로 이어져 관광코스나 호반유원지로도 주목받고 있다.

가마골
생태공원

추월산

용면
금성면

금성산성

병풍산　　　　담양읍에서 서북쪽으로 약 8km 지점에 있는 병풍산(해발 822m)은 노령산맥에 자리한 산 가운데 가장 높으며 담양군 대전면, 수북면, 월산면과 장성군 북하면에 경계를 이루고 있다. 담양군 수북면 소재지에서 바라보면 오른쪽 투구봉에서 시작하여 우뚝 솟은 옥녀봉, 중봉, 천자봉, 정상인 깃대봉과 신선대에 이르기까지 고르게 뻗은 산줄기가 틀림없는 병풍의 형상이다. 또한, 북동에서 남서쪽으로 길게 뻗은 산줄기는 양옆으로 무수히 많은 능선을 거느렸는데 그 사이에 99개의 골짜기를 이루고 있다.

삼인산　　　　삼인산(해발 564m)은 대전면 행성리와 수북면 오정리 경계에 있는 산으로 북쪽에 삼인동三人洞이라는 마을이 있다. 1750년경英祖 무안에서 함양인咸陽人 유학자 박해언朴海彦이 산세가 좋고 산 아래는 만물이 태생하는 터가 자리 잡고 있어 정착하였다고 하며, 삼인산 아래 중앙에 위치하여 삼인동이라고 이름 지었다 한다. 애초 삼인산은 산의 형태가 사람人자 3자를 겹쳐 놓은 형국이어서 '三人山'이라 불렀다고 한다.

메타세쿼이아 길　　담양군 담양읍 학동리에 있는 메타세쿼이아 길은 2002년 산림청과 생명의 숲 가꾸기 국민운동본부가 '가장 아름다운 거리 숲'으로 선정할 만큼 풍경이 빼어난 곳이다. 8.5km에 이르는 국도변에 늘어선 아름드리나무는 1972년 가로수조성사업으로 심은 것으로 이국적이며 환상적인 풍경을 자아낸다. 메타세쿼이아 특유의 향기에 꼭 삼림욕장에 온 것 같은 착각에 빠지기도 하는데, 〈와니와 준하〉, 〈화려한 휴가〉 등 영화 촬영장소로도 이름난 곳이다.

병풍산

금성면
수북면

메타세쿼
이아 길

삼인산

죽녹원　　　담양읍 향교리에 자리한 죽녹원은 담양군이 마을 뒤 천연 대나무 숲을 이용해 조성한 죽림욕장이다. 11만여 평의 부지에 분죽, 왕죽, 왕대, 맹종죽 등이 자라고, 대나무 잎에서 떨어지는 이슬을 먹고 자란다는 죽로차竹露茶가 자생하고 있다. 운수대통길, 사랑이 변치 않는 길, 죽마고우길 등 별난 이름의 산책길을 걷다보면 어느새 대나무 숲이 주는 죽림욕 효과로 심신이 안정되는 것을 느낄 수 있다.

용흥사 계곡　　　용흥사 계곡은 담양읍에서 북으로 8km쯤 가다 바심재 왼쪽 용흥리 마을을 지나 2km쯤 올라가면 만난다. 계곡 위 용구산 중턱에 용흥사가 있으며 범종(전남 유형문화재 90호), 7개 부도군(전남 유형문화재 139호) 등이 있다. 속설에는 조선 영조의 어머니인 창평인 최복순이 이 절에서 기도를 하여 영조를 낳고 이 절 이름을 용흥사라 했다고 한다. 시원한 물줄기가 흐르는 용흥사 계곡은 단풍나무와 푸른 송림 사이에 기암괴석이 어우러져 있고 물이 맑아 여름이면 피서객들로 붐빈다.

관방제림　　　담양읍 객사리와 남사리에 자리한 관방제림官防堤林(천연기념물 제366호)은 조선 인조 26년(1648) 부사 성이성成以性이 수해를 막기 위해 제방을 축조하고 나무를 심기 시작하면서 조성되었다고 한다. 푸조나무, 느티나무 등 다양한 활엽수들로 이뤄진 이 숲에는 최고 수령 300년 이상 된 나무도 있으며 177그루가 보호수로 지정돼 있다. 2004년 산림청이 생명의숲가꾸기국민운동, (주)유한킴벌리 등과 공동 주최한 '제5회 아름다운 숲 전국대회'에서 대상을 수상했다.

소쇄원　　　소쇄원 국가 명승 제40호는 양산보梁山甫, 1503~1557가 은사인 정암 조광조趙光祖, 1482~1519가 기묘사화로 능주로 유배되어 세상을 떠나자 담양군 남면 지곡리에 들어와 꾸민 별서정원別墅庭園이다. 조선시대 대표적 원림의 하나로 제월당霽月堂, 광풍각光風閣, 애양단愛陽壇, 대봉대待鳳臺 등으로 조성되었으나 현재의 건축물은 제월당과 광풍각이 대표적이다. 송순, 임억령, 김인후, 기대승, 김성원, 정철, 백광훈 등 16세기 중반 호남 사림을 형성한 주요 근거지다.

죽녹원
용흥사 
계곡
월산면 
담양읍
남면
소쇄원
관방제림

둘째마당 가사문학과 누정문화

소쇄원, 호남선비의 정신적 산실 **최병영** | 선비정신과 가사문학의 산실 **이옥분**
선조들의 향기와 멋진 풍경 **조윤아** | 다시 소쇄원에서 **최희영**
담론과 풍류의 공간, 무등산 자락 '정자문화권' **김옥연** | 명옥헌원림 **임인택**
담양 10정자

소쇄원瀟灑園,
호남선비의 정신적 산실

최병영

소쇄원
앞의 정자가 광풍각이고 뒤에 보이는
것이 제월당이다. 조선조 학자들이
지녔던 고결한 품성과 절의의 선비
정신에 가슴이 뭉클해진다.

의기에 찬 생과 올곧은 자태

불현듯, 대숲에서 서걱거리는 바람 소리가 그리워지면 담양을 찾는다. 앞만 바라보고 달려온 생이 숨차서 좀 더 느리게 걷고 싶어지면 담양을 찾는다. 감미로운 가사문학의 향기가 넘실대는 누각에서 메마른 정서를 가다듬고 싶어지면 담양을 찾는다. 청량한 자연의 품에 안겨 세속의 고뇌를 정화하고 싶어지면 담양을 찾는다. 담양에서는 일생에 단 한 번 화사하게 꽃을 피우고 장엄히 생을 마치는 대나무의 의기에 찬 생과 올곧은 자태에서 참다운 삶의 태도를 배울 수 있다. 담양에서는 호남선비의 정신적 산실인 누각에서 아름다운 가사문학의 향취에 젖어 거칠어진 영혼의 결을 빗질할 수 있다.

끙끙, 세사번뇌 버거운 날엔

훌쩍 담양으로 달려가시게

거기 고절한 선비들이 누각에서

향기로운 차 한 잔 권하리니

푸른 대바람 소리와 물소리가

이슬처럼 맑은 숨결로

그대를 반기리니

그댈 반겨 세속에 찌든 번뇌를 씻으리니

청명한 대바람 소리와 물소리가

가만가만 찻잔에 차올라

소담스레 삶을 담아내고

결 고운 빛살이 참빗으로

그대 영혼의 갈피를 빗어 주리니

하루하루가 번잡하고

길 잃은 영혼이 방황하는 날엔

바람처럼 훌쩍 담양으로 달려가시게.

– 필자의 졸시 「그런 날엔 담양으로 달려가시게」

고결한 품성과 절의의 선비정신

대숲에서 튕겨지는 바람 소리를 따라가니 청량한 물소리가 마중한다. 뒷산에서 흘러내리는 계곡물이 수정처럼 맑다. 장원봉과 까치봉에서 발원한 줄기가 폭포수로 떨어져 작은 소를 이루다가 이내 대숲 사이로 멀어진다. 개울이 물길 굽이진 곳에서 천천히 옥구슬을 굴려간다. 들숨 깊이 심호흡하여 물소리와 바람 소리를 폐부에 쟁인다. 청량한 바람과 물은 신이 인간에게 베푼 최대의 선물이다. 깨끗하고 시원한 원림園林이라는 의미의 소쇄원, 이곳에서는 조선조 학자들이 지녔던 고결한 품성과 절의의 선비정신에 가슴이 뭉클해진다.

대봉대에 오르니 계곡 건너편에 '오곡문五曲門'이라 쓰인 고풍스럽고 야트막한 담장이 오후 햇살을 푸지게 짊어지고 있다. 오곡문은 담장 아래 구멍으로 흘러드는 물이 암반 위에서 다섯 굽이를 이룬다 하여 붙여진 이름이다. 물의 흐름을 원형대로 유지하기 위해 돌을 괴어 담장을 쌓음으로써 물길을 툭 터놓은 모습이 무척 인상적이다.

소나무 아래로 외나무다리를 건너 광풍각光風閣에 오른다. 경내의 아름다운 풍광을 거침없이 완상할 수 있도록 사방을 개방구조 형태로 툭 틔워 놓았다. 광풍각은 계곡 가에 위치하고 있어 물소리와 폭포수를 비롯한 원림의 정취를 맘껏 누릴 수 있는 중심공간이다. 예전에 이곳 주인 양산보가

내방객을 맞아 시를 짓고 국사와 절의를 담론하였으며 후학들을 교육하였
던 사랑방이다. 광풍각이란 이름처럼 주위 자연의 밝고 맑음이 마치 비 갠
뒤 해 뜰 때의 청량한 바람처럼 신선하다.

　광풍각 건너편 담장에 쓰인 글귀가 일시에 시선을 끌어간다. 오랜 세월
의 더께를 쓰고도 자획들이 살아서 생동적으로 꿈틀거린다. 우암 송시열
이 썼다는 '소쇄처사양공지려瀟灑處士梁公之廬'라는 글귀가 소쇄원의 문패
구실을 하고 있다. '처사'는 학문의 목적을 자기완성에 두고 나라에서 벼
슬을 주어도 나가지 않은 선비를 지칭했으니 양산보의 고절한 성품이 실
로 대쪽 같았음을 알 수 있다.

초롱초롱 별을 잉태한 소쇄원

　제월당霽月堂 대청마루에 적요한 달빛이 수북이
쌓인다. 당호의 의미인 '비 갠 뒤 하늘의 상쾌한 달'처럼 상서롭기 그지없

다. 달빛이 새하얀 무명천을 두르고 소맷자락 날리며 너울너울 춤을 춘다. 마당 한편의 회화나무는 연신 타래처럼 휘감기는 한풍을 털어내느라 몸을 흔들어댄다. 직녀성이 베틀에 앉아 짜는 하얀 비단결이 어둠 속에 소리의 길을 놓는다. 대청마루에 넘실대는 맑고 신선한 기운이 점점이 달빛에 젖어든다. 시심詩心에 취한 선비들이 물소리, 바람 소리, 댓잎 소리를 낭랑히 음률로 읊어댄다. 대피리 산조散調의 농염으로 남도 밤이 이슥해진다. 소쇄원이 먹빛 화선지에 초롱초롱 별을 잉태한다.

아무리 비바람 할퀴어도

골 깊은 계곡

선비정신은 끄떡없더라

제월당
당호의 의미인 '비 갠 뒤 하늘의 상쾌한 달' 처럼 상서롭기 그지없다.

산까치 울음소리 전설처럼

고사목에 휘감기고

이끼 낀 담장 오르는 담쟁이

덩굴손까지 퍼렇게 물들었는데,

은빛 머릿결 풀어헤치고

달빛 찰랑대는 밤

온 세상은 물소리더라

온 세상은 바람 소리더라

소슬한 대청마루에서

패옥佩玉 찬 곧은 소리들이

힘줄 톡톡 불거져

한 목청으로 외쳐대더라

명리는 한낱 물결이라고

욕념은 한낱 바람결이라고

물처럼 바람처럼 그냥 흘러갈 뿐이라고.

– 필자의 졸시 「담양 소쇄원에서」

소박하고 자연경관이 빼어난 소쇄원은 고뇌에 찬 사념을 정화하거나 깊은 사색에 잠기기에 적합한 정원으로 인식된다. 호남선비의 정신적 산실이자 학문의 전당으로 풍미했던 소쇄원, 양산보는 이곳을 팔지도 말고 어리석은 후손에게 물려주지도 말라는 유훈을 남겼다고 한다. 오늘, 속세를 떠난 고즈넉한 선경仙境의 중심부에서 시리도록 하얀 달빛을 받으며 사유에 잠길 수 있어 행복하다. 달빛이 진할수록 소쇄원의 대숲 노래는 푸르러진다.

선비정신과
가사문학의 산실

이옥분

600년 전통의 민족시, 가사

우리나라의 역사 중 르네상스가 언제냐고 묻는
다면 나는 주저하지 않고 영조, 정조 시대라고 말하겠다. 그 이유는 그 당
시 많은 책들이 우리나라 역사를 통털어 가장 활발하게 발간이 되었기 때
문이다. 그렇다면 지금까지 우리 마음에 평안과 지혜를 주며 소통하는 마
음으로 우리를 따스하게 만들어 주는 「관동별곡」, 「사미인곡」, 「성산별
곡」, 「속미인곡」 등 40년 전 고등학교 책에서 배웠던 정철의 가사 작품들
의 산실은 어디일까. 바로 담양이다. 그런 담양은 얼마나 아름다운 곳인지
눈으로 직접 보고 싶었다. 담양은 대나무 축제로 유명한데 사철 곧고 푸르
게 자라는 대나무의 향기를 여름에도 느낄 수 있는 곳이라 생각해 2012년
여름 여행지로 정했다.

폭염특보가 내린 8월의 첫날, 새벽 경기도 군포를 출발하여 서해안 고

가사문학관
담양은 한국문학의 정통성을 간직한
가사문학의 산실이다.

속도로를 달려 도착한 곳은 담양이었다. 담양은 조선시대 의리와 명분을 중시하는 사림들이 불합리하고 모순된 현실 정치를 피하여 기후도 좋고 땅도 기름지며 사람의 인심도 넉넉한 이곳에 와 살면서 누각을 짓고 시를 지으며 시회를 결성하여 한국 문학의 산실이 되었다. 한국가사문학관은 그러한 가사문학을 꽃피운 비옥한 터전을 기념하기 위해 지어진 곳이다.

국민시가의 하나인 가사는 600년의 전통을 가진 민족시이다. 우리 민족이 자연을 사랑하는 마음을 춘하추동 사계의 형식으로 담아내었다. 이 선조의 정신을 후손에게 전하고 문화 민족임을 전하려는 한국가사문학관에 도착하여 입장권을 구입하고 들어가니 농경사회에서 꼭 필요했을 황소 위에 남자아이가 피리를 부는 동상이 반겼다. 우리 민족은 농사를 지으면서도 노래 부르는 것을 즐겨했다는 것을 알 수 있었다. 농사의 힘듦을 피

가사문학관 전시실
이서의 「낙지가」, 송순의 「면앙정가」, 정철의 「성산별곡」 등 18편의 가사가 전시되어 있다.

리의 가락으로 잊고 흥을 돋우고 기쁨을 얻으려 했던 우리 민족을 생각하자니 몇 발자국 앞에 정자와 연못이 있었다. 연못에는 잉어들이 은비늘을 반짝이며 지느러미를 흔들며 놀고 있었다. 이 연못의 이름은 세심정이다. 세심이란 『주역』에 나오는 성인세심成人洗心(성인이 마음을 씻는다)이라는 문구에서 시작되었다고 쓰여 있었다. 곧바로 들어가 방명록에 "겨레와 함께 숨 쉬는 민족의 꽃 시조"라고 쓰고 내 이름을 남겼다.

학문을 소중히 여기는 고장

가사문학관에는 많은 고서들이 전시돼 있었다. 특히 한문을 주로 사용하던 그때 한글로 지은 가사를 대하고 보니 목울대가 뻐근해졌다. 우리 겨레와 함께 숨 쉬는 민족의 꽃이 바로 가사였다. 그곳에는 이서의 「낙지가」, 송순의 「면앙정가」, 정철의 「성산별곡」, 「관동별곡」, 「사미인곡」, 「속미인곡」, 정식의 「축산별곡」, 남극엽의 「향음주례가」, 「충효가」, 유도관의 「경술가」, 「사미인곡」, 남석하의 「백발가」, 초당 「춘수곡」, 「사친곡」, 「원유가」, 정유정의 ¯석천별곡」, 「민농가」 및 작자미상의 「효자가」 등 18편의 가사가 전시되고 있어 담양이 가사문학의 산실임을 깨닫게 해 주었다.

다른 전시실로 들어가니 제봉 고경명, 서하당 김성원, 미암 유희춘, 석천 임억령, 소쇄처사 양산보, 하서 김인후의 인물사가 쓰여 있었다. 이들은 조선시대 학자로서 많은 공을 세웠으나 벼슬을 버리고 자연이 아름다운 담양에 와서 정신을 바르게 하고 마음을 맑혀줄 많은 글을 남겼다고 쓰여 있었다. 이 글을 보며 담양은 자연과 소통하며 학문을 소중히 여기는 사람들의 고장이라는 것을 알았다.

지금은 민족시를 널리 보급하기 위해 매년 전국 공모로 가사문학 백일장을 치르는데 수상된 작품집이 있다고 했다. 나는 우리 문학을 배우고 싶어 안내원에게 부탁하여 책값(7,000원)을 내고 샀다. 이 책에는 가사를 현대적 시각으로 지은 작품들이 많아 가사문학이나 시조가 어렵게 보이지 않고 모두가 배우면 지을 수 있겠다 라는 생각을 했다.

소쇄원과 식영정

다음 날 아침 내가 꽃이 되고 싶고 바람이 되고 싶을 때 오라는 소쇄원으로 갔다. 소쇄원은 국가 명승 제40호로 지정된 한국 민간 정원으로 자연에 대한 인간의 경외와 순응하며 살아가는 도가적 삶을 산 조선시대 선비들의 만남의 장소로서 주변 경관이 아름답게 잘 가꾸어져 있었다.

인류의 문화유산이라 할 정도로 빼어난 곳이라는 말 그대로 양옆으로 대나무가 빼곡이 들어서 있는 가운데 길을 100여 미터 걸어가니 계곡 중간 평지에 아담한 집들이 다소곳이 앉아 있었다. 집이라 하기에 더함이나 뺄 것이 없는 단아한 자태로 500년을 앉아 있었다니 그 모습이 청빈하게 살아가는 선비의 모습과 흡사하였다. 우리 선조는 집도 자신의 마음을 꺼내어 짓는가보다 하는 생각에 이곳이야말로 세계 문화유산으로서 당당히 등재돼야 마땅하다는 생각이 들었다. 작년 내가 가본 유럽의 베드로 성당, 베니스의 두오모 성당이나 폐허의 폼페이, 폴란드의 아우슈비츠 수용소들만이 역사적 가치가 있는 것이 아니고 조선의 청빈한 선비들이 나라를 걱정하며 시를 짓고 자연과 소통하는 시간을 보낸 이 장소야말로 조선의 정신문화의 도장이라 하는 것이 마땅하다 생각했다.

소쇄원이 세워졌던 1520년 중종시대는 변화와 개혁을 바라는 선비들이 등용되기도 하고 유배되기도 한 혼란의 시대가 아니던가! 소쇄공 양산보의 주도로 만들어진 이곳 소쇄원은 아직도 호젓하기 그지없었다. 양산보는 장래가 촉망되어 열다섯에 조광조의 문하에 들어가 학문을 익히고

유생 친시에서 좋은 성적을 받은 것이 열일곱이었다. 그러나 한 달 후 기묘사화가 일어나고, 스승인 조광조가 세상을 뜨자 출세를 단념하고 세상을 방황하다 이 계곡에 세 채의 집(대봉대, 광풍각, 제월당)을 지었다. 소쇄원을 뒤로 하고 나오는데 굵은 땀방울이 뚝뚝 떨어지는 더운 날인데도 내 마음엔 시린 바람이 불었다.

다시 차를 몰아 식영정으로 갔다. 송강 정철이 담양에 와 있을 때 머물렀던 곳 중 하나인 부용정과 서하당을 보면서 위로 올라가다 보니 식영정이 보였다. 이 집 또한 선비의 모습처럼 단아했다. 기둥과 서까래를 나무의 구부러진 모양 그대로 이용하여 지은 것을 보니 인간이 자연을 지배하기보다 자연 속에서 인간이 자연의 은혜로움을 누리고 사는구나 하는 생각이 들었다. 식영정을 에워싼 수령 깊은 소나무들이 푸른빛을 발하며 나를 반겨 주었고, 나무의 등걸에 새겨 있는 껍질은 식영정의 깊은 역사를 가늠하게 해 주었다.

정철이 이곳에서 「성산별곡」을 썼다는 것을 말해 주는 듯 정자 한편에는 「성산별곡」 시비가 정철을 대신하여 서 있었다. 정철은 명종 16년 27세 나이로 과거 급제에 오르지만 정권 다툼으로 벼슬을 그만두고 고향에 내려와 많은 선비들과 시문을 익히고 「성산별곡」 등 많은 작품을 남겼다. 이 식영정은 조선 명조 때 서하당 김성원이 그의 장인 임억령을 위해 지었다고 하였다. 그리고 그 자신은 식영정 아래 서하당과 부용당을 지어 살았다고 한다. 서하당과 부용당도 부를 탐하지 않고 자연을 거스르려 하지 않고 자연과 더불어 살아가야 하는 인간의 모습을 닮아 김성원의 인품이 어떠했는가를 짐작할 수 있었다.

세월에 사람은 가도 단단한 바람에도 풍화되지 않는 것이 있다면 조선 선비정신이다, 라는 것이 내 마음속에 각인되었으며 나도 이 정신으로 살아야겠다는 다짐을 하였다.

나는 다시 송강정으로 이동하였다. 정철의 호를 붙인 송강정은 「사미인곡」, 「속미인곡」을 지은 산실이라 하니 저절로 겸허한 마음이 들었다. 시대가 지나도 사람들의 마음에 남는 좋은 글은 이렇게 좋은 자연 환경 속에서 태어나는가보다 하는 생각이 들었다.

정철이 대사헌으로 있을 때 당파 중 하나인 동인들의 압박과 시련에 못 이겨 이곳 담양에 내려와 이곳에 초막을 짓고 살았다고 한다. 그 당시에는 이곳을 죽록정이라 하였는데 후손들이 정철을 기리기 위해 영조 46년(1770년)에 다시 세우고 송강정이라 불렀다고 한다. 책에서 제목으로만 보았던 「사미인곡」, 「속미인곡」의 산실인 송강정의 여름은 후끈하다. 정철도 이러한 마음으로 자연과 소통하였고 나라를 사랑하는 뜨거운 마음을 시로써 다스렸나보다. 그러고 보니 한국의 르네상스의 중심이 담양이구나 하는 생각에 도달하게 되었다.

모든 나라에는 고유의 시가 있다. 중국은 한시, 일본은 와까나 하이쿠, 프랑스는 소네티, 우리나라는 가사와 시조가 있다. 고유한 언어가 있으므로 독립된 나라를 가질 수 있고 시를 지어 노래를 부르므로 문화 민족이라 칭함을 얻을 수 있다. 담양은 선조들이 모여 자연과 소통하며 시를 지은 곳이니 학문을 사랑하는 선비들의 고장이며 한국 문예부흥의 산실이라는 당위성에 다른 이유가 없다.

이 문학이 탄생하도록 시어詩語를 전해준 담양의 아름다운 자연이야말로 한국 가사의 아버지이다. 그리고 그 자연을 벗하며 살아온 선비들의 벅찬 고뇌를 통해 가슴을 울리는 가사는 우리 겨레의 정신을 밝혀줄 횃불이다. 이제 겨레와 함께 숨 쉬는 민족의 꽃 가사와 시조의 산실 담양에 누구나 오시면 모두가 시인이 될 것이다.

송강정
정철의 호를 붙인 송강정은 「사미인
곡」, 「속미인곡」을 지은 산실이라
하니 저절로 겸허한 마음이 들었다.

선조들의 향기와
멋진 풍경

조윤아

계곡에서 바라본 광풍각
사방이 트인 광풍각은 손님을
맞는 사랑방 역할을 했다.

소박한 멋의 소쇄원

2012년도 얼마 남지 않았다. 20살의 빠르게 흘러가는 일 년도 이제 슬슬 마무리 매듭을 지을 준비를 해야 한다. 고등학교 3년의 힘들었던 공부를 마치고 대학교에 입학하여 열심히 학교생활을 한 나에게 스스로가 조금은 숨을 돌릴 수 있는 여유로움을 선물하고 싶었다. 2학기에 들어와 수강하고 있는 '남도 문화 탐방' 이라는 교양 수업의 도움을 받아 여러 문화 유적지에 대한 유익한 정보들과 멋진 풍경이 있는 좋은 곳들을 많이 알게 되었다.

그중에서 내가 선택한 곳은 바로 '담양' 이다. 담양은 광주에 살고 있는 나에게, 그리고 학생의 신분으로 돈이 여유롭지 않은 대학생들도 부담 없이 갈 수 있는 좋은 여행지였다. 교통편 역시, 터미널에서 담양으로 가는 시외버스도 있고, 터미널 바로 앞 시내버스 승강장에서 담양군내버스 311번을 타도 갈 수 있게끔 편리하게 마련되어 있었다. 하지만, 이번에는 아주 운이 좋게도 친구 아버지께서 우리의 여행에 동행해 주셔서 승용차를 타고 여행할 수 있었다.

학창 시절, 체험학습으로 많이 가본 적이 있는 담양이었지만, 그때는 자세히 무엇인가를 보고 생각할 수 있는 시간을 가지기보다는 철없이, 단지 수업을 하지 않기 때문에 기뻐하기만 했던 것 같다. 이번에는 스무 살 성인이 된 만큼, 복잡한 곳을 여행하는 것은 아니었지만 탄탄히 계획을 세워서 움직이기로 하였다. 설레는 마음으로 우리는 여행 코스를 정하였다.

여행의 날 아침, 상쾌한 기분으로 친구 집에 모였다. 그리고 아침 일찍 10월의 푸르름을 만끽하며 우리는 출발하였다. 우리의 처음 목적지는 소쇄원이었다. 광주에서 별로 멀지 않은 담양이었기에 가는 길에 친구와 지금껏 하지 못했던 이야기들을 나누며 '하하호호' 웃다 보니 벌써 도착해 있었다. 친구의 심한 차멀미로 인한 걱정이 한순간에 저 멀리 사라지는 순간이었다.

역사 속 민간정원 중에서 최고라는 칭송을 받는 소쇄원은 역시 멋있었다. 화려함보다는 절제된 느낌의 소박한 멋이 가득 배어 있는 그런 곳이었다. 소쇄원을 조영한 사람은 양산보이며 '소쇄원'의 '소쇄' 또한 '맑고 깨끗하다' 라는 의미를 가진 양산보의 호라고 한다.

그는 15세에 왕도 정치를 표방하고 개혁을 추진하였던 정암 조광조를 만나 그의 문하에서 수학하였다. 당시의 왕이었던 중종은 조광조를 비롯한 신진사류를 중용하여 그들이 표방하는 왕도정치를 실시하려 하였다. 그러나 그들의 개혁이 너무 이상주의적이고 조급하게 진행되어 반대파들의 반발을 초래하였고, 이것은 결국 기묘사화를 불러일으켜 신진사류들의 꿈은 좌절되었다고 한다.

스승인 조광조가 기묘사화로 유배당한 후 화순 능주에서 사약을 받고 세상을 뜨자 정치와 벼슬의 무상함을 깨닫고 낙향하여 창암촌 계곡의 자연 속에 10여 년에 걸쳐 원림을 조영해 이곳에 머물며 자연을 감상하고 사람 만나기를 즐겼다고 한다. 그것이 바로 이곳 소쇄원이고 그때 양상보의 나이가 17세였다고 한다.

소쇄원을 둘러보며 조금 후회를 하게 된 부분이 있는데 바로 '내가 조금만 더 치밀하게 자료 조사를 하고 왔더라면…….' 하는 생각이 들었다. 정치에 질려 자연 속에서 살기 위해 지은 곳이라는 것은 알고 있었지만 그 이외에 더 자세한 것은 알 수가 없어 멋진 소쇄원의 풍경을 200% 모두 즐기지는 못했던 것 같아 아쉬웠다. 만약 다음에 소쇄원에 다시 한 번 놀러 가게 되거나 주변 사람들이 간다는 소식을 듣는다면 충분한 자료조사를 하고 난 후 구경하면 마치 그 소쇄원이 당신의 정원처럼 풍요롭게 느껴질 것이라는 이야기를 해 주고 싶다.

아쉬운 마음에 집으로 돌아와 소쇄원에 대한 자료를 조사했다. 소쇄원은 당대 최고의 선비들이 풍광을 관상하며 여유를 즐긴 풍미의 장이었고, 이상을 토로하고 학문을 연구하며 수양하는 학당 역할을 하였다고 한다. 당시 이곳을 드나든 사람은 김인후를 비롯하여 송순, 정철, 송시열 등 이름만으로도 꽤 유명한 조선 중기 문인들로 가사문학의 대가들이다. 고등학교 교과서 내에서도 이분들의 가사문학 작품들은 쉽게 찾아 볼 수 있는데 모두 소쇄원을 드나들었다고 하니 무척 신기하였다. 이처럼 소쇄원은 당대 걸출한 지식인들이 드나들며 사유와 만남의 지평을 넓혔고 풍류와 여유를 즐기는 사교의 장이었던 것이다. 조선시대 선비들에게는 수양과 학문뿐 아니라 풍류와 사귐을 통한 선비문화의 형성 또한 중요한 일이었으니 그를 위한 장소인 소쇄원은 조선시대 선비정신의 상징적인 장소라고 할 수 있다.

소쇄원의 봄
산수유 꽃 만발한 소쇄원.
2009년 사진 공모전 입선작
(김미경).

소쇄원을 소개하는 글에서 자주 볼 수 있는 단어가 '한국을 대표하는 민간 별서원림'이라는 단어다. 나는 '별서원림'이라는 단어가 무슨 뜻인지 궁금해졌다. 찾아본 결과 '별서'란 선비들이 세속을 떠나 자연에 귀의하여 은거생활을 하기 위한 곳이란 뜻으로, 산수가 빼어난 장소에 지어진 별장 같은 역할을 하는 곳이다. '원림'은 정원과 혼용해서 사용하는 경우가 많은데 '정원'이 주택 주변에 인위적인 조경작업을 통해 분위기를 연출한 것이라면 '원림'은 교외의 동산과 숲의 자연스런 상태를 그대로 조경대상으로 삼아 인공적인 조경을 삼가면서 적절한 위치에 집과 정자를 배치한 것을 의미한다고 한다. 즉 정리하자면 '민간 별서원림'이란 세속을 떠나 은거생활을 하기 위해 자연의 모습을 거스르지 않고 그대로 유지하면서 만들어 놓은 개인이 만든 별장 정도의 개념이다.

소쇄원의 주인 양산보는 그가 죽을 때 남에게 팔지 말며, 원래 그대로의 모습으로 보존할 것이며, 어리석은 후손에게는 물려주지 말라는 유언을 남겼는데, 그가 소쇄원을 얼마나 귀히 여겼는지 짐작할 수 있는 대목이다. 그의 뜻대로 소쇄원은 1520년대 후반에 만들어진 것으로 추정되고 있지만 15대에 걸친 후손들이 500년 가까운 세월이 흐른 오늘날까지도 소쇄원을 복원 및 관리하고 있어 많은 이들로부터 사랑을 받고 있다. 만들어진 건물 하나하나, 피어난 꽃 한 송이, 나무 한 그루 모두 선비의 마음과 이상이 담겨 있으니 급하게 외관만 훑어 지나지 말고 천천히 즐기며 그 안에 담긴 선비의 기상을 느껴봄이 좋을 것 같다.

소쇄원으로 들어가는 길목 한쪽엔 대나무의 고장답게 대숲이 시원하게 우거져 있었다. 바쁜 생활 속의 자동차 소리와 학교 건물만을 보다가 탁 트인 시원한 하늘과 바람 소리에 흔들리는 대나무 잎들을 보고 있자니 가슴이 열리고 머리가 맑아지는 느낌이 들었다. 작은 계곡 건너 '비 갠 뒤 해

가 뜨며 부는 청량한 바람'이라는 뜻의 아담한 '광풍각'이 눈에 들어왔다. 계곡 옆에 자리한 정자인 광풍각은 손님을 위한 사랑방 역할을 했다고 한다. 그리고 축대 위에 있는 조그마한 초가의 정자는 봉황을 기다리는 곳이라 일컫는 '대봉대'였다. 소쇄원의 오래된 터에 근래에 옛 모습을 본떠 새로이 지은 대봉대는 봉황을 기다리듯 귀한 손님 오기를 기대하는 정겨움이 가득한 정자다. 우리나라 건물양식을 보면 집을 보아도 그렇고, 정자를 보아도 그렇고 항상 오시는 손님을 중요하게 생각하는 따뜻한 마음이 깃들어 있는 것 같다. 대봉대를 지나 가장 높은 곳에 있어 소쇄원을 한눈에 조망할 수 있는 '제월당'은 '비 갠 하늘의 맑은 달'이라는 낭만이 가득한 이름을 가진 건물이다. 주인이 학문에 몰두하던 공간으로 주거가 가능하였다고 한다. 이렇게 멋진 풍경을 가진 곳에서 하는 공부라니, 생각만 해도 자연과 함께라면 그 어떤 어려운 공부라도 머리에 쏙쏙 들어올 것만 같았다. 일찍 집을 나선 덕분인지 소쇄원에 아직 많은 사람들이 몰린 것은 아니어서 마치 이렇게 아름다운 정원이 나만의 정원인 것 같은 착각이 들었다. 여유롭게 소쇄원을 구경하며 경치에 한껏 취해 그곳을 빠져나왔다.

가사문학관에서 고전문학의 백미를 배우다

　다음으로 우리가 발걸음을 옮긴 곳은 바로 담양 가사문학관이다. 이곳은 고등학교 3학년 때 체험학습으로 온 기억이 너무 생생해서 나에게는 익숙하게 느껴지는 곳이었다. 교과서 속에서만 보아오던 여러 가지 유명한 가사문학 작품들이 전시되어 있는 모습을 실제로 보다니 정말 신기하였다.

　조선시대 시조와 함께 고전문학의 백미로 불리는 가사문학은 3·4조 또는 4·4조의 율격을 가진 일종의 노라 악보다. 녹음 기술이 전무했던 시대

이니만큼 남겨진 기록이 없어 그 노래가 어떤 음률로 불렸는지는 알 길이 없다. 하지만 풍류를 즐기는 선비들이 부른 노래는 자연과 어우러지는 아름다운 곡조였을 것이라고 생각한다.

경치 좋은 자연이 우리 국토 방방곡곡에 자리하였고 멋을 아는 선비가 담양으로만 모여 있지는 않았을 것이다. 하지만 담양에는 소쇄원, 식영정, 송강정, 면앙정, 환벽당, 창계천, 자미탄 등 남아 있는 누각과 정자 그리고 명소 등이 수없이 많다. 끝없이 펼쳐지는 호남의 비옥한 땅을 이루는 계곡과 산천의 아름다움은 권력과 재물의 욕심보다 초야에 묻혀 학문을 연구하고 청정한 삶을 영위하는 것을 가장 큰 소명으로 삼았던 선비들의 은신처가 되기에 부족함이 없어 보인다. 그렇게 오랜 시간 사랑 받았던 담양은 일명 '한국 가사문학의 고향'이라 불린다고 한다.

전시된 가사 문학 작품들을 볼 때마다 여유롭고 풍요로운 표정으로 창작하고 있는 문인들의 모습이 자꾸 상상되어 더 흥미롭게 관람할 수 있었던 것 같다.

2000년도에 건립된 가사문학관은 선비정신을 상징하듯 정자와 연못이 함께 있는 건물로 이서의 「낙지가」, 송순의 「면앙정가」, 정철의 「성산별곡」·「관동별곡」·「사미인곡」·「속미인곡」, 정식의 「축산별곡」, 남극엽의 「향음주례가」·「충효가」, 유도관의 「경술가」·「사미인곡」, 남석하의 「백발가」·「초당춘수곡」·「사친곡」·「원유가」, 정해정의 「석촌별곡」·「민농가」 및 작자미상의 「효자가」 등 18편의 가사와 관련 유물들을 전시하는 멋진 공간이었다.

어려운 한문으로 된 문학작품들이 많이 있었기에 친구들과 나는 서로 멋쩍은 웃음만을 남기며 서로를 바라보고 있었는데, 입구에 마련된 무인 안내기를 통해 자세한 해설을 들을 수 있어서 정말 좋았다. 또한 영상을 보며 한국가사문학에 대해 조금 더 알아보고 이해할 수 있는 시간을 가질 수 있어서 뜻깊었다.

예전에 왔던 기억을 되짚어 보면 그냥 단순히 학교가 아닌 밖에 나왔다는 것에 취해 가사문학 작품들은 눈에 잘 들어오지도 않았던 것 같다. 하지만 이번 여행은 조금 달랐다. 작품들을 읽으며 그때 그 문인들이 어떤 마음을 가지고 썼을지 내 나름대로 추측해보며 상상하는 재미가 상당히 컸다. 좋은 가사문학 작품들을 마음에 품으며 가사문학관을 빠져나와 식영정으로 향했다.

그림자도 쉬는 식영정

식영정은 1972년 1월 29일 전라남도기념물 제1호로 지정되었다. 환벽당, 송강정과 함께 정송강유적이라고 불린다. 식영정은 원래 16세기 중반, 서하당 김성원이 스승이자 장인인 석천 임억령을 위해 지은 정자라고 한다. 그리고 식영정은 바로 우리에게 익숙한 「성산별곡」이 탄생한 곳이라고 한다. 그러나 지금 이 정자의 관리는 김성원의 후손도 아니고 임억령의 후손도 아닌, 「성산별곡」으로 유명한 송강 정철의 후손들이 맡고 있다고 한다. 그만큼 이 정자는 주인이 누군지가 의미 없을 정도로 성산 일대의 많은 문인들이 이용했고, 그들에게 사랑받았던 정자임을 알 수 있다.

식영정의 뜻 또한 직역 그대로 풀이하자면 '그림자가 쉬는 정자' 라고 한다. 식영정은 자미탄이 훤히 보이는 절벽 위에 자리하고 있었다. 그곳에 다가가려면 절벽 위로 난, 길고 좁은 계단을 올라야만 했다. 구불구불하면서 난간도 없는 그 계단은 그 끝을 잘 보여주지 않았기 때문에 '식영정은 과연 어떻게 생긴 정자일까?' 하는 궁금증을 더욱더 크게 만들어 주었다.

드디어 그 모습을 드러낸 식영정은 정면 2칸 측면 2칸의 팔작지붕의 정

식영정
16세기 중반, 서하당 김성원이
스승이자 장인인 석천 임억령을
위해 지은 정자이다.

자였다. 가운데에 방을 배치하는 다른 정자와는 달리 한쪽 귀퉁이로 방을 배치하고 앞쪽과 옆쪽에 마루를 깐 특이한 구조였다. 또한 높은 언덕에 있지만, 밖에서는 그 집이 잘 보이지 않았다. 이런 모습은 경치 좋은 언덕에 세운 정자들이 근방 어디에서건 잘 보이는 곳에 당당하게 세워져 있는 것과는 사뭇 다른 입지였다. 그렇다고 아주 깊이 박혀 있는 것도 아니기 때문에 이러한 식영정의 모습은 밖에 드러나지 않으면서도 정자로서 얻어야 하는 차경은 충분히 얻고 있기에 절묘하게 한 발 물러섬으로써 겸손하게 자리하고 있다고 한다.

소나무 가지 사이로 광주호가 훤히 내려다보이는 식영정 마루에도 앉아보았다. 날씨가 좋은 날 식영정에 걸터앉으면 무등산 꼭대기가 한눈에 들어온다고 한다. 계절에 따라 변하는 풍류를 즐기며 그 감성이 담긴 「성산별곡」을 노래한 정철이 앉았던 식영정, 그 정자 아래 앉아 있자니 수백 년의 세월이 흐른 지금에도 그의 온기가 흐르고 있는 듯하였고, 내가 마치 정철이 된 듯한 느낌을 받았다. 자연이 주는 느림과 여유로 인해 절로 시 한 수 읊게 만드는 식영정이야말로 진정한 슬로시티 담양의 모습이 아닐까? 라는 생각도 해 보았다.

자연에 둘러싸인 정자, 면앙정

　　마지막으로 우리가 향한 곳은 바로 '면앙정'이다. 담양에는 정말 많은 정자들이 있었지만, 우리가 이번에 선택한 곳은 식영정과 면앙정이었다. 면앙정은 1972년 8월 7일 전라남도기념물 제6호로 지정되었다. 1533년 송순이 건립하였는데, 이황을 비롯하여 강호제현들과 학문을 논하며 후학을 길러내던 곳이라고 한다. 봉산면 제월리 제봉산 자락에 있는데, "내려다보면 땅이, 우러러보면 하늘이, 그 가운데 정자가 있으니 풍월산천 속에서 한백년 살고자 한다"는 곳이다.

　　식영정과 마찬가지로 면앙정을 보기 위해서는 조금 가파른 길과 돌계단을 올라가야 했다. 힘든 마음보다는 이번에는 어떤 자연의 모습이 면앙정의 병풍으로 깔려 있을지 너무 기대되었다. 그 끝에 드러난 면앙정 건물은 정면 3칸, 측면 2칸의 팔작지붕이며 추녀 끝은 4개의 활주가 받치고 있었다. 목조 기와집으로 측면과 좌우에 마루를 두고, 중앙에는 방이 배치되어 있었다. 현재의 건물은 여러 차례 보수를 한 모습이라고 하며, 최초의 모습은 초라한 초정으로 바람과 비를 겨우 가릴 정도였다고 한다.

　　내가 본 면앙정의 모습은 정말 작은 크기의 소박한 정자의 모습이었다.

면앙정
송순은 이곳에서 면앙정가단을
이루어 많은 학자·가객·시인들의
창작 산실을 만들었다.

하지만 아름다운 자연에 둘러싸여 있는 그 모습은 어떤 곳보다 거대하게 느껴졌고, 상쾌한 바람을 맞으며 깨끗한 공기 속에서 더 크게 호흡할 수 있었다.

송순은 이곳에서 면앙정가단을 이루어 많은 학자·가객·시인들의 창작 산실을 만들었다고 한다. 그도 그럴 것이 이곳, 조용함을 품은 면앙정 정자 위에 앉아 있자니 나도 모르게 풍월이 읊어지는 듯하였다. 정자 안에는 이황·김인후·임제·임억령 등의 시편들이 판각되어 걸려 있었다. 즉 이곳은 송순의 시문활동의 근거지이며, 당대 시인들의 교류로 호남제일의 가단을 이루었던 곳이었다.

공간은 좁지만 그 어떤 곳보다 멋진 자연을 두르고 있는 면앙정을 끝으로 우리는 아쉬운 마음을 뒤로한 채 광주로 발걸음을 옮겼다. 오랜만에 한 여행이라 조금 피곤할 수도 있겠다고 생각하였는데 한적하고 여유로움이 가득 담긴 정자 위에서 쉬고 와서인지 피로보다는 여유로운 마음들이 밀려 들어왔다. 그리고 지금껏 내가 살고 있는 광주에서 멀리 떨어져, 그곳이 아니면 절대 할 수 없는 스펙타클한 경험을 해야만 의미 있는 여행이라고 생각하던 내 생각을 180도 바꿔 놓은 여행이었다.

이렇게 가까운 담양에 옛 사람들의 향기와 멋진 풍경과 잴 수 없는 가치를 가진 여유로움이 있을 것이라고는 전혀 생각지 못했다. 스무 살이 되어 친구들과 한 담양탐방, 많은 곳을 둘러보지는 못하였지만 많은 것을 보고 느낄 수 있는 뜻깊은 시간이었다 또한 이번 여행을 계기로 여유로운 마음을 배우게 되었고 앞으로 생활하면서 힘들고 바쁘게 해 나가야 하는 일에 있어서도 이 마음을 어떻게 활용해야 할지 생각해 보게 되었다. 또 기회가 된다면 조용하지만 자연과 소통할 수 있는 푸르름이 묻어나는 여행을 다시 한 번 떠나고 싶다.

다시 소쇄원에서

최희영

선비정신과 생활의 향기

　처음 소쇄원을 만나 건 신문에 실린 김영자의 2007년 신춘문예 당선 수필 「소쇄원에서」를 읽으면서였다. 글을 써 내려가는 문장력도 탁월했지만 소쇄원에는 무언가 특별한 기운이 감돌고 있을 것 같았다. 대나무가 우거진 숲에 자연을 거스르지 않고 지은 별서정원이라니, 그 운치를 생각하며 여행의 기회가 오면 먼저 가보리라 다짐을 했었다. 너나없이 숨 막히게 사는 세상도 살다보니 여행할 기회가 찾아왔다. 매달 만나는 모임에서 여름여행을 가는데 어디가 좋겠냐며 카페에 회원들의 추천을 받고 있었다. 나는 망설임 없이 소쇄원을 추천했고 다른 의견이 없었으므로 우리는 2007년 여름 소쇄원으로 향했다.

　비가 개인 7월의 소쇄원에는 아지랑이처럼 죽향이 감돌고 있었다. 진입로를 따라 걸으니 고개를 뒤로 완전히 젖혀야 그 끝을 볼 수 있는 대나

무가 빼곡하게 들어차 있는 모습이 장관이었다. 모두들 대나무 향에 취해서 눈을 감고 깊은 호흡으로 대숲과 교류를 하고 있었다. 얽힌 실타래 같은 현실을 잠시 잊고, 제 속을 비워 결을 살린 반듯한 초록나무를 흠모하는 모습이었다. 소쇄원행을 건의한 사람으로서 더 이상 행복할 수 없는 순간이었다.

물길을 살려둔 채 다리를 놓듯 담을 쌓고 수문에까지 오곡문이라는 이름을 지어준 모습부터가 예사롭지 않았다. 자연을 훼손하지 않은 선비의 고결한 정신을 느낄 수 있었다. 김영자의 수필을 읽을 때는 제월당이며 광풍각이 제법 큰 규모로 느껴졌는데 실제로 보니 십여 명이 둘러앉으면 꽉 차는 넓이였다. 원림이라지만 생활인의 향기가 배어 있었으며 조선시대 신진사류의 검소함이 느껴졌다. 각각의 마당 또한 아이들이 겨우 사방치기를 할 수 있는 넓이였다. 이 시대의 투기꾼들이 보면 그냥 시원하게 밀어서 반듯한 정방형의 땅을 만들어 커다란 빌딩을 짓고 싶어 할 것 같았다. 하지만 작은 집과 집 사이의 살아 있는 생명들이 고독한 선비에게 얼마나 위안이 되고 친구가 되었을지 가늠하며 정원의 여백들을 살펴보니 그 모습이 새로웠다.

광풍각이라는 이름에 맞춘 듯이 비개인 후에 부는 청량한 바람을 만끽하며 옛 선비의 사랑방에 둘러 앉아 우리는 생각나는 대로 한 사람씩 시를 읊어 보기로 했다. 소쇄원을 지은 양산보를 기억하고 근처에 있는 면앙정의 송순을 기리기 위함이었다. 면앙정가는 아는 사람이 없었고 주로 소월의 시나 미당의 시를 읊조렸다. 그래도 이런 분위기라면 시조 한 수는 암송해야 할 것 같아 평소 좋아하는 '십 년을 경영하여 초려삼간 지어 내니 / 나 한 간 달 한 간 청풍 한 간 맡겨 두고 / 청산은 들일 데 없으니 둘러두고 보리라'는 송순의 시조를 읊었는데 대단한 환호를 받았던 기억이 난다.

기와와 흙을 쌓아 만든 제월당 후원의 굴뚝은 얼마나 정겹던가. 수염을 쓰다듬으며 생각에 잠긴 선비가 후원을 거닐다 협문을 지나 팔작지붕이 아름다운 광풍각으로 나가는 모습이 그려졌다. 그러고 보니 소쇄원은 안이 곧 밖이요 또한 밖이 안처럼 보인다. 정견이 맞지 않아 낙향은 했지만 닫힌 느낌은 싫었을 것 같았다 안과 밖을 모두 열어서 사람을 들이고 싶었을 것이다. 새소리 물소리 바람 소리도 그렇게 오고가고 했을 것이다.

가을 소쇄원의 절정

2010년 가을이었다. 발에 심각한 질환이 생겨 쉬고 있는데 친한 지인 한 분이 할 일이 없어 노는 줄 알았는지, 신문에서 봤다며 '길 위의 인문학' 에 참가신청을 해 보라고 권했다. 국립중앙도서관 사이트에서 확인해 보니 화순운주사와 담양소쇄원을 여행하는 인문학 답사였다. 반가웠다. 처음 갔을 때는 디리 공부를 하지 않고 가는 바람에 제대로 된 구경을 못했는데 인문학의 트리오인 문·사·철학 박사님들의 강의를 들으며 1박 2일간 무료로 여행을 한다니 얼마나 소중한 기회인가. 그 가을에 엄청나게 운이 좋았는지 정보를 전해준 지인과 함께 '길 위의 인문학' 에 참가하게 되었다.

기차 한 칸을 빌려서 가는 여행은 교수님들 말고도 여러 단체에서 도와주는 사람들이 많았다. 특히 안내를 맡은 젊은 남성은 역사와 유적에 대한 해박한 지식을 갖고 있어서 짬짬이 그의 안내를 받을 때마다 박수를 아끼지 않았다. 나는 아직 못해봤지만 요즘엔 외국여행 한 번 안 가본 사람이 없다는데 우리 문화와 역사를 모르고 어떻게 외국의 문화를 이해할 수 있을까. 담양이 가까워지고 있었다. 다시 소쇄원이라니, 마치 아는 집에 가는 것처럼 설레고 반가운 마음이었다. 발이 아파 지팡이를 짚고 갔지만 불편함도 못 느낀 채 아이처럼 눈을 반짝이며 귀 기울여 설명을 들었다. 역사에 나타난 철학과 문학의 강의를 현장에서 듣는 영광을 언제 또다시 누

소쇄원 광풍각
생활인의 향기가 배어 있고
조선시대 신진사류의 검소함
이 느껴진다.

려본단 말인가.

가을 소쇄원은 참으로 아름다웠다. 여름 소쇄원이 역동적이라면 가을 소쇄원은 절정이었다. 소쇄원 양산보의 첫 마음과 오백 년의 시간을 다독여온 후손들의 손길과 천만 년을 붉게 탄 단풍이 어우러져 살아 움직이는 그림을 그리고 있었다. 가을에 집을 나서면 어디를 보아도 그림이 되지만 소쇄원의 가을은 광풍각 아래 흐르는 물소리와 담장 위에 자란 이끼와 소쇄 사십팔영시가 절도 있는 인문화로 그려지고 있었다.

제월당 앞에서 한형조 교수의 강의를 들으며 두 손을 모으고 비개인 제월당에 달빛이 비치는 모습을 상상해 보았다. 그곳에 열일곱 살의 양산보가 앉아 스승 조광조를 생각하며 우는 모습을 그려 보았다. 얼마나 절통했을까. 얼마나 분했을까. 왕도정치 하자며 칼자루를 쥐어 주더니, 조작된 '주초위왕' 네 글자에 마음을 닫고 그 칼로 자신의 오른팔을 자른 임금이 얼마나 답답했을까. 그래서 양산보는 단절을 거부하며 담장마저 군데군데 멈추어 소통을 지향했으리라.

참으로 고고한 삶을 기리며

하늘에 닿을 듯 온 땅에 빼곡하게 집을 지어 사는 현대인에게, 40평, 50평도 모자라 100평대 아파트의 복층을 쓰는 사람들에게, 대봉대나 광풍각은 엉덩이 하나 얹을 공간으로 밖에 보이지 않을 것이다. 그러나 대나무처럼 뜻이 굳고 곧은 선비는 사랑방 앞으로 물도 흐르게 두고 지나는 바람에게 말도 걸고 집 안으로 달빛까지 불러 들였다. 아니, 물소리를 음악 삼아 달빛을 조명 삼아 바람을 친구 삼아 자그마한 정자에도 이름을 지어 주고 그곳에 앉아 봉황(손님)을 기다리며 깊디깊은 학문을 길어 올렸다. 참으로 고고한 생이다.

여름 소쇄원과 가을 소쇄원을 가슴에 담았으니 이제 봄과 겨울이 남았

가을 소쇄원
여름 소쇄원이 역동적이라면 가을
소쇄원은 절정이었다. 오른쪽 담에
'소쇄처사양공지려'라는 송사열의
글씨가 보인다.

다. 죽순이 올라오는 봄도 그렇지만 굴소리도 들리지 않고 바람만 무시로
드나드는 겨울 소쇄원이 정말 보고 싶다. 고즈넉한 제월당에 가부좌를 틀
고 앉아, 「소쇄원에서」라는 글을 쓴 사람의 마음을 헤아려 보고 싶다. 사랑
했던 사람들, 미워했던 사람들 떠올리며 선비의 마음으로 악수를 청하고
싶다. '瀟灑處士梁公之廬(소쇄처사 양산보의 오두막)' 라는 송시열의 담장
명필을 뒤로 하고 내려오는 죽림로에는 댓잎이 가을바람을 하모니로 사각
노래를 부르고 있었다. 면앙정가를 향해 걷는 우리의 등 뒤에서 다시 오라
는 인사를 하고 있었다.

담론과 풍류의 공간,
무등산 자락 '정자문화권'

김옥연

송강정
선조 17년 정철이 벼슬에서 물러나
창평에 내려와 지은 정자다.

난세 지식인들의 은둔지

> 그로 말미암아 선비들의 학문이 지향해야 할 바
> 를 알게 되었으며, 그로 말미암아 나라의 정치의 근본이 더욱 드러나게 되
> 었으며, 이에 힘입어 유교의 근본적인 가르침이 땅에 떨어지지 않았으며,
> 나라의 장래가 무궁하게 되었다.

퇴계 이황이 정암 조광조의 공덕을 기린 글의 일부이다. 후일 '사림의 영수'로 추앙 받게 되는 조광조는, 그의 일생 동안 오로지 '도덕적 이상 국가'의 실현을 위해 치열하게 고민하고 열정적으로 살다 간 인물이다. 그러나 그의 개혁정치는 훈구대신들의 반대와 저항에 부딪혀 실패로 끝나게 되고, 오히려 기묘사화에 연루되어 중종 14년(1519) 4년간의 공직생활과 38세의 짧은 일생을 마감하게 된다.

당시 조광조의 황망한 죽음을 목격한 조선의 지식인들, 특히 조광조가 유배와서 처연하게 죽음을 맞이한 화순을 비롯한 호남 지역 선비들의 충격은 실로 엄청났을 것이다. 조선에서 가장 성리학적이었던 젊은 사대부의 죽음을 바라보는 또 다른 사대부들의 자괴적 비애는, 결국 그들을 현실 정치에서 한 발 물러나게 하였고, 관조와 유유자적의 경지로 이끌었다고 할 수 있다. 당시 50년 동안 계속된 네 차례의 사화와 200년 동안 반복된 전쟁과도 같은 당쟁의 와중에서, 현실 정치에서 도태되거나 소외된 사대부들은 주로 자신의 출생지나 연고지로 낙향하여, 그들만의 활동공간을 창출하게 된다. 그중의 하나가 바로 '정자'이고, 이를 중심으로 형성된 문화를 '정자문화'라 한다. 즉, 정자는 정치적 변혁과 세상의 혼돈에 밀려난 사족들이 지방

에 은둔하면서 그들의 분노와 한을 달래는 장소로, 혹은 한거와 수양·풍류
의 공간으로, 그리고 학문과 세상일을 논하는 토론 광장으로 활용되었던 것
이다. 이는 난세 지식인들의 인문학적 담론의 창출공간이기도 하였다.

정자마다 기록된 소통의 역사

이러한 정자문화가 특히 발달한 곳이 전남 담양
이다. 담양은 정자문화의 산실로 각광 받고 있다. 담양군 고서면과 봉산면
그리고 남면 일대에 점점이 흩어진 소쇄원·식영정·명옥헌·송강정·면앙정
등의 정자와 원림·별서들은 잇닿는 무등산 북쪽 자락의 취가정·환벽당·풍
암정과 더불어 일대 '정자문화권'을 이루고 있다. 이 공간에서는 주변 지
역의 문인과 지식인들이 모여 풍류를 즐기면서, 수많은 시와 가사를 지어
오늘에까지 전해지고 있다. 그리고 정자마다 걸려 있는 현판에는 그 소통
의 역사가 그대로 기록되어 있는 듯하다. 무등산 자락 아래에 위치한 이곳
을 소위 '가사문화권'이라 부르는 까닭이 여기에 있다.

어떤 지나는 손님이 성산에 머물면서 서하당 식영정 주인아 내말 듯소

인생세간에 좋은 일이 많건마는 어찌 한 강산을 갈수록 좋게 여겨

적막한 산중에 들어가서는 나오지 않는고

소나무 뿌리를 다시 쓸고 죽상에 자리를 보아 넌즈시 앉아서 어떤가 하
고 다시 보니

하늘가에 떴는 구름 서석대를 집을 삼아 나는 듯 드는 모습이 주인과 어
떠한가

창계 흰 물결이 정자 앞에 둘렀으니 천손운금天孫雲錦을 그 누가 잘라 내어

놓았는 듯 펼쳤는 듯 야단스럽기도 야단스럽구나 산중에 책력 없어 사
시를 몰랐더니

명옥헌 배롱나무
한여름 붉게 핀 배롱나무 꽃과
연못의 운치가 장관이다.

눈앞에 펼친 경치가 철철이 저절로 나니 듣는 것과 보는 것이 모두 선경
이로구나

　　정철의 「성산별곡」에 나오는 서사의 한 구절이다. 이 시는 유배 중이던
정철이 식영정에서의 감흥을 표현한 것이다. 정철의 가사에 나오는 다양
한 느낌을 함께 체험해보고자 비 내리는 오후에 식영정을 찾았다. 그리고
환벽당을 거쳐 명옥헌과 송강정을 아울러 둘러보았다. 담양에 가기 전에
도 그 지역에 누정이 많이 있다는 사실을 알고 있었지만 막상 다녀보고 느
낀 바는 실로 놀라웠다. 과연 무등산 자락의 ‘정자문화권’ 혹은 ‘가사문화
권’으로 칭해질 만했다.

환벽당·식영정·송강정

　　먼저 환벽당에 다녀왔다. 환벽당은 창계천을
사이에 두고 식영정과 마주보는 곳에 있다. 환벽당의 정자 안에는 송시열
이 쓴 ‘환벽당’이라는 현판 글씨와 더불어 임억령·조자이의 시가 걸려 있
다. 환벽당은 조선 명종 때 사촌 김윤제가 세운 정자로 푸르름을 사방에 둘
렀다고 해서 신잠이 ‘환벽당’이라 명명했다고 한다. 김윤제는 고향으로 돌
아와 건물을 세우고, 환벽당에서 후진을 양성하며 말년을 보냈다. 그리고
이곳에서 송강 정철이 과거에 급제하기 전까지 머물면서 공부했다. 송강의
부친은 참혹한 사화의 충격으로 자녀들의 교육을 회피한 까닭에, 송강은
여러 해 동안 공부할 기회를 갖지 못하였다. 그래서 외가의 도움으로 공부
를 시작했다고 하는데 외가 장인어른이 환벽당의 김윤제였던 것이다.
　　다음으로 식영정에 다녀왔다. 식영정은 석천 임억령의 정자로 조선 명
종 15년 서하당 김성원이 장인인 석천을 위해 지었다고 한다. 식영정은 성
산가단의 모태로서, 석천 임억령을 중심으로 서하 김성원, 제봉 고경명,

송강 정철 등이 시문을 주고 받은 곳으로 송강문학의 산실이라 할 수 있
다. 식영정은 '그림자가 쉬고 있는 정자'라는 뜻이다. 그림자가 쉬고 있다
는 문장에서부터 자연과 조화를 이루며 호방함과 여유로움을 지녔다는 느
낌이 들었다. 식영정에는 수많은 문인과 학자들이 드나들었다고 하는데,
식영정을 가장 유명하게 한 것은 앞서 언급한 송강의 「성산별곡」이 아니었
나 싶다. 「성산별곡」에서 계절의 변화에 따라 변화하는 성산 주변의 풍경
과 그 속에서 노니는 식영정 주인 김성원의 풍류를 느낄 수 있었다.

　　다음으로 송강정을 찾아나섰다. 송강정은 조선 선조 17년 송강 정철이
대사헌을 지내다 당시의 동인과 서인의 싸움으로 벼슬에서 물러난 후 창평
에 내려와 정자를 세운 것이다. 앞에서 말한 정치적 이유로 정계에서 물러

나 누정에서 지낸 선비들처럼 정철 또한 동인의 모함을 받아 송강정에 은
거하며 지냈던 것 같다. 그런데 송강정 측면에 죽록정이라 적힌 현판을 보
았다. 이를 조사해 보니 원래 송강정은 허물어져 언덕에 무덤만 남았다고
한다. 이에 정철의 후손들이 영조 46년에 정자를 다시 지었다고 한다. 당시

식영정
조선 명종 15년 서하당 김성원이 장인인
석천 임억령을 위해 지었다.

근처에 살던 사람들은 정자 아래의 개울이 죽록천인 데에서 유래하여 죽록정이라고도 불렀으며, 따라서 송강정 측면에 죽록정이라는 현판을 걸어놓은 것이라 한다. 송강정은 송강문학의 산실이라고도 하는데 송강가사 중 「사미인곡」, 「속미인곡」이 지어졌다. 송강정의 정자 옆에서 「사미인곡」 시비를 볼 수 있었다.

사유와 낭만을 즐길 수 있는 곳

담양은 우리 지역과 가까워 전에도 자주 다녀오곤 했었다. 그러나 정자문화에 초점을 두고 처음 다녀온 답사라 느낌이 색달랐다. 담양 답사에 나섰을 때가 한창 장마철이었고, 마침 비 오는 오후라 그런지 전체적으로 한적했다. 식영정에 도달했을 때 쯤 소나기가 시원하게 내렸다. 식영정에 앉아 비가 그치기를 기다렸는데 뒤로는 100년이 넘는 소나무가 고풍을 더하고, 언덕 아래로 잔잔한 광주호가 마음을 비우게 하였다. 평소 느끼기 힘든 자연의 경치를 한껏 느낄 수 있는 시간이었다.

고등학교 때는 정철의 「성산별곡」에 대하여 갈래, 특징, 가사의 성격 등 형식적인 면만을 배웠다. 그러나 '백문불여일견'이라고 이번 답사를 통해 학문의 현장이 지닌 엄숙함과 장엄함을 몸소 배울 수 있었다. 서하당 식영정 주인이 인생세간의 좋은 일을 마다하고 적막한 산중에 들어가서 나오지 않는 이유를 알 것만 같았다. 그리고 '눈앞에 펼친 경치가 철철이 저절로 나니 듣는 것과 보는 것이 모두 선경이로구나'라는 구절이 나올 수밖에 없는 철학적 공간의 아름다움도 돋보였다.

답사를 마치고, 내 젊은 날의 철학적 사유와 낭만을 즐길 수 있는 공간은 어디인지 고민해 볼 수 있었다. '배우고 익히는 기쁨'이 이론과 현장에서 겸비될 때 그 진정성이 더욱 빛날 수 있다는 것을 몸소 느낄 수 있는 특별한 시간이었다.

명옥헌원림鳴玉軒苑林

임인택

황홀한 배롱나무 가로수 길

여름과 가을의 경계선 8월 끝. 배롱나무 붉은 꽃을 보러 담양 고서 명옥헌에 간다. 정확히는 명옥헌원림이다. 원림園林은 인위적인 정원이 아닌 숲은 그대로 두고 정자나 집을 배치한, 자연 경치를 경관 구성 재료의 일부로 빌려온 자연 순응적인 전통 정원양식을 말함이라 한다.

담양 너른 들판, 초록 일색이더니 조금씩 노랑 빛이 감돈다. 꽃을 단 벼이삭도 보이고 배불러진 벼들이 산들바람에 작은 물결을 이룬다.

마을로 드는 배롱나무 가로수 길은 황홀하다. 길게 늘어선 붉은 꽃들 틈에 수형이 밋밋하고 보라, 분홍, 흰색의 꽃을 피운 배롱나무는 개량종이고, 줄기가 울퉁불퉁 강인한 모습에 붉은색으로 볼수록 아름답고 기품 있어 보이는 나무가 바로 우리 토종 배롱나무라 한다. 지나가는 바람에 꽃잎

명옥헌원림
개울을 타고 연못에 드는 맑은
물소리가 옥을 굴리는 소리와
같아 '명옥헌'이라 했다.

명옥헌원림의 배롱나무 꽃
물속도 땅 위도 하늘도 온통
붉은 꽃 천지다.

을 날리며 꽃을 단 가지들의 흔들거리는 모습이 마치 수많은 선녀들이 부채춤을 추는 것처럼 아름답다.

몇 해 전만 해도 예스러움이 남아 있는 한적한 시골 마을이었는데 이젠 골목길만 옛 길일뿐 전원주택의 마을이 된 후산마을. 마을에 들자 수백 년 된 왕버드나무 댓 그루가 등걸에 푸른 이끼를 몸뚱이는 마삭 줄과 담쟁이 덩굴을 두르고 연못가에 서 있다. 세월의 무게가 수백, 수천의 용트림으로 쌓여 신비롭기도 하다. 오랜 세월 푸른 그림자를 담아 온 연못은 나무만큼이나 푸르다 못해 검다. 나무와 연못만이 깊이를 담아 여기가 옛터임을 알리고 있다. 사람들이 모이는 곳이면 새로운 문화가 싹트기 마련이다. 새롭게 찻집도 생기고, 골목 백일홍 카페는 명옥헌으로 커피도 배달한다고 한다. 왜 이리 낯설고 우습게만 보이는지.

후산리 은행나무와 색의 향연

명옥헌에 들기 전에 명옥헌 왼쪽 산 밑에 있는 사적 제45호인 후산리 은행나무 일명 인조대왕계마행仁祖大王繫馬杏부터 찾아본다. 인조가 왕이 되기 전에 전국을 돌아다니다 오희도를 찾아 이곳에 왔을 때 타고 온 말을 매어둔 곳이라 한다. 300년도 넘은 뒷산보다 더 우람한 모습, 그날 역사의 한 장면을 스치는 바람이 대신한다.

밖에서는 보이지 않는 마을 안쪽 깊은 곳, 느릿느릿 고샅 끝에 이르면 산과 들 온통 감나무 천지인 초록 바탕에 붉은 수실로 수놓은 듯 박혀 있는 배롱나무 붉은 꽃밭이 나온다. 국가명승 제58호 명옥헌원림이다. 명승지는 바로 우리 선인들이 역사의 자취를 남긴 자연과 문화가 서로 잘 조화를 이룬 곳이다. 입구에 수문장처럼 원림을 지키고 있는 늙은 회화나무 한 그루, 가지 끝에 달린 하얀 회화 꽃이 탐스럽다. 집 안에 심으면 학자가 나오고 부자가 된다는 길상목. 아마 옛 주인도 회화나무처럼 푸르른 내일을 기약하며 가문의 번창을 위해 수호목으로 심었으리라.

여름 끝, 장마가 지나간 하늘은 맑기만 하다.

파란 물감에 흰색을 조금 섞어 휙 뿌려 놓은 것 같은 개운한 하늘. 적송赤松 위로 잡힐 듯 가까이 내려앉은 하얀 뭉게구름. 그리고 타오르는 장작불 불꽃같은 빨간 배롱나무 숲. 한낮 가늘게 흐르는 도랑물 소리가 외려 고즈넉한 운치를 더해준다.

연못에 비친 붉은 꽃 그림자와 연못을 덮고 있는 떨어진 꽃잎들이 또 다른 꽃밭을 만들고 있다. 물속도 땅 위도 하늘도 세상은 온통 붉은 꽃 천지다. 마치 종이 위에 두껍게 색을 칠해 종이를 접어 찍어낸 초현실주의 회화기법의 하나인 데칼코마니(délcomanie) 작품을 감상하는 듯하다. 명옥헌 정자에 앉으면 누구라도 시 한 편 쓸 것 같다. 참 붉기도 하다. 그냥 붉을 뿐이다.

풍류와 무릉도원의 세상

명옥헌원림은 인조반정의 공신인 오희도(1583~1623)의 옛 집터로 그의 아들 오이정과 후손들이 아버지를 기리기 위해 정자를 짓고, 계곡 위쪽에 작은 연못을, 명옥헌 정자에서 내려다 볼 수 있는 곳에 큰 연못을, 조선시대 정원의 대표적 모양인 방지중도형方池中島形 네모난 연못을 파고 못 가운데 작은 섬을 만들어 배롱나무를 심었다. 또 정자와 못의 주변에도 적송과 배롱나무를 심어 큰 꽃밭을 만들었다.

오래된 배롱나무는 나무껍질이 자줏빛을 띤다고 해 옛 분들은 자미紫薇나무라 부르며 정자 주변이나 사랑채에 즐겨 심었다. 자미꽃은 도화꽃과 같이 무릉도원을 상징하는 꽃이기에 봄엔 도화꽃을 여름엔 자미꽃을 보면서 정자에 모여든 벗들과 시를 읊고 학문을 논하고 풍류를 즐기며 무릉도원의 세상을 꿈꿔 왔다고 한다.

작은 개울이지만 개울을 타고 연못에 드는 맑은 물소리가 옥을 굴리는 소리 같다 해 우암 송시열은 정원의 이름을 명옥헌鳴玉軒이라 짓고 계곡 바위에 새겨 두었다. 세월 탓일까, 바위에 새겨 둔 '鳴玉軒' 글자도 반쯤 땅에 묻힌 채 닳고 닳아 손으로 닦아내야 겨우 한 글자씩 읽을 수 있어 아쉬움이 앞선다.

원림 조금 높은 언덕 위 사방이 탁 트인 곳에 정면 3칸 측면 2칸의 팔작지붕 건물을 올리고 명옥헌이란 현판을 달았다. 텅 비어 더 고고한 정자는 원림에 시적인 운을 더하고 있다. 명혹헌은 정자亭라 이름 하지 않고 굳이 집 헌軒자를 쓴 이유는 대청에 앉아 정원을 내려다보며 심성을 수양하기 위해 사랑채 같은 개념의 헌軒자를 붙였다고 한다. 작은방을 둘레로 사방

명옥헌
원림 조금 높은 언덕 위 사방
이 탁 트인 곳에 정면 3칸 측면
2칸의 팔작지붕 건물을 올리고
명옥헌이란 현판을 달았다.

'명옥헌 계축'
연못가 바위에 새겨져 있는데
우암 송시열의 글씨다.

으로 마루를 놓은 정자는 봄부터 가을까지는 활동하기 좋겠지만, 구들이 있다 해도 겨울에는 춥겠다.

　마루와 지붕을 잇는 기둥이 만들어 낸 공간 속에는 삶의 향기와 문학적 상상력이 넘쳐 이야기는 시가 되고 학문이 되고 자연의 변화에 따라 변주되는 공간의 느낌은 그 자체가 음악이 될 것이다. 연못에 푸른 물 고이듯 기둥마다에는 주련이, 마루 가득 고인 시문은 서까래 밑에 편액으로 걸려 있다.

　뜰 가득 심어진 수십 그루의 배롱나무는 긴 세월 살아오느라 등걸이 다시 등걸이 되고 거기서 뻗어 나온 가지가 또 다른 원줄기처럼 보인다. 아무것도 걸친 것 없는 속俗 됨을 다 지워낸, 그래 청렴과 무욕을 말해 주는 듯한 배롱나무. 공명을 버린 선비의 마음은 저런 모습일까.

은둔자를 품는 저 적송의 푸름과 곧음 그리고 넉넉함. 선비의 올곧은 기상은 뒤쪽 소나무에 걸려 있다. 저리도 의연한 소나무이니 원림 주변에 적송을 심고, 배롱나무를 심은 뜻을 알 만도 하다.

세상사 시름 쏙 물리치고

오랜 세월의 흐름을 간직한 연못과 배롱나무 사이 길을 걷다 보면 세상사 시름은 어느새 마음 한구석으로 쏙 물러나 앉는 기분이 든다. 연못에 가지를 드리운 배롱나무가 바람에 하늘거리는 모습을 볼 적마다 나는 이 집의 옛 주인이었던 조선의 선비 오희도와 새 나라를 경영하기 위해 비밀스런 포부를 품고 이곳을 찾은 능양군(인조)을 떠올리며 정자 안쪽에 걸린 삼고三顧라는 편액이 주는 의미를 생각한다. 그저 풍경을 바라보는 것으로 그치지 않고 대상을 음미하고 깊이 생각하는 '반추하는 행위' 야말로 여행의 여운을 길게 하는 참 멋이 아니겠는가. 또 명옥헌원림鳴玉軒苑林에서 원림園林이라고 하지 않고 원림苑林이라고 하는 것은 임금님이 다녀간 곳이란 뜻이 있기 때문이라니 더욱 이곳의 의미는 깊다 하겠다.

호젓하게 걷다 정자에 걸터앉아 꽃구경을 한다. 붉은색 하나만으로도 세상은 이리도 곱구나. 마치 홍화 물감을 풀어놓은 듯 붉은 배롱나무 꽃들이 물 위에 흥건하다. 붉다 못해 처연하다. 연못에 고여 드는 도랑물 소리가 석양의 원림을 더 고요하게 한다. 새삼 담양潭陽은 그 이름만큼 아름다운 고을이라는 생각이 든다. 몸과 마음에 붉은 물 가득 들이고 원림을 뜬다.

기둥에 걸린 주련 한 편을 적어 와 돌아가는 차 속에서 되뇌어 보지만 주련에 담긴 깊은 뜻을 다 읽지 못해 정말 얼굴까지 붉어진다.

산과 들의 초목은 해마다 푸른데　　　　　山野草木年年綠

세상 사람은 한번 가면 돌아오기 어렵구나　　世民英雄歸不歸

담양 10정자亭子

식영정　　　　송강 정철이 주옥같은 가사 「성산별곡」을 지은 식영정息影亭은 1560년 서하당 김성원이 장인인 석천 임억령을 위해 지은 정자다. '식영息影'은 『장자』 「제물편」에 나오는 말로 '그림자를 쉬게 함'이란 뜻이다. 식영정은 성산가단星山歌壇의 모태로 임억령, 김성원, 고경명, 정철 등이 시문을 주고받았기에 이들을 식영정 사선이라 부르고, 식영정을 사선정四仙亭이라 부르기도 한다. 담양군 남면 지곡리에 있다.

광풍각·제월당(소쇄원)　　　소쇄원은 연못과 대봉대가 있는 전원前園, 계곡과 광풍각이 있는 계원溪園, 제월당 중심의 내원內園으로 흔히 구분된다. 사방이 터져 날렵한 광풍각은 마치 바람이 이는 것처럼 역동적이고, 단정한 외관의 제월당은 달빛이 은은히 스며드는 것처럼 정적이다. 광풍각이 그늘져 시원하다면 제월당은 밝아 따사로우며, 광풍각이 손님과 더불어 유희적인 곳이라면 제월당은 주인이 학문을 닦는 사색적인 곳이다.

면앙정　　　　담양군 봉산면 제월리에 있는 면앙정俛仰亭은 송순宋純, 1493~1583이 만년에 벼슬에서 물러나 지은 정자다. 군자다운 인품과 고매한 대인관계로 순탄한 벼슬살이를 했던 그는 이곳에서 강호제현과 학문을 논하며 후학을 양성하여 문인들이 신평선생新平先生이라 불렀다. 고경명, 기대승, 임제, 정철 등이 그에게서 사사했다. 면앙정은 정면 3칸, 측면 2칸이며 전면과 좌우에 마루를 두고 중앙에는 방을 배치하였다.

소쇄원

식영정

봉산면
남면

면앙정

　　　담양군 고서면 산덕리에 있는 명옥헌鳴玉軒은 오희도의 넷째아들 오이정吳以井, 1619~1655이 아버지를 기리기 위해 지은 헌軒이다. 정자 앞에 연못을 파고 둘레에 적송赤松과 자미나무 등을 심어 조성하였는데, 정자를 중심으로 주변의 자연경관을 차경한 자연순응적인 전통원림이다. 여름철이면 붉은 백일홍 꽃이 연못과 어우러져 그야말로 비경을 연출한다.

　　　담양군 수북면 나산리에 있는 관어정觀漁亭은 조선 숙종 때 함양 박씨 문서文瑞가 축조한 연못의 가운데에 1953년 마을 사람들이 지은 정자다. 현재의 건물은 2006년에 건립한 것으로 여름철 연못 가득 만발한 백련과 어우러져 빼어난 경관을 자랑한다. 1959년 중수할 때의 기록에 "봄철 가득 찬 못물을 논밭에 끌어대고, 아침이면 들에 나가 일하고 밤에는 집에서 옛글을 읽는다."라는 구절이 있어 당시의 풍속을 짐작할 수 있다.

　　　담양군 창평면 용수리에 있는 상월정上月亭은 조선 세조 3년(1457) 추제 김자수金自修가 벼슬을 사임하고 고향인 이곳에 돌아와 옛 대자암大慈庵 터에 창건하였다. 상월정은 근대교육의 발상지로 춘강 고정주가 이곳에 영학숙英學塾을 세우고 인촌 김성수, 고하 송진우, 가인 김병로 등을 교육한 유서 깊은 곳이다. 정면 4칸, 측면 2칸의 규모로 팔작지붕에 한식 기와를 얹었다.

명옥헌
원림

관어정
수북면
고서면
창평면

상월정

┃송강정　　　　담양군 고서면 원강리에 있는 송강정松江亭은 송강 정철이 벼슬에서 물러나 죽록정을 중수하고 송강정이라 불렀다. 그는 이곳에서 4년 정도를 머물면서 가사 「사미인곡」을 지었다. 연군지정戀君之情을 읊은 이 노래는 한 여인이 남편을 이별하고 사모하는 정을 기탁하여 읊은 것인데 송강 자신의 충정을 표현한 노래라 할 수 있다. 정면 3칸, 측면 3칸의 골기와 팔작지붕 건물이다.

┃남극루　　　　담양군 창평면 삼천리에 있는 남극루南極樓는 1830년대에 장흥 고씨 고광준 등 30여 명이 건립하였다. 원래 창평면사무소에 자리해 아침저녁으로 통행시간을 알려주던 종루였으나 현이 폐지되면서 1919년 지금의 위치로 옮겨졌다. 사람의 수명을 관장하는 별인 남극성을 바라보는 정자로 지역의 어른들이 장수하길 바라는 마음이 제호에 담겨 있다. 팔작지붕에 정면 3칸, 측면 2칸의 구조이며 2층 누각이어서 주위의 경관을 감상하기 좋다.

┃연계정　　　　담양군 대덕면 장산리에 있는 연계정連溪亭은 미암 유희춘 1513~1577이 후학을 양성하던 강학소가 임진왜란으로 소실되자 이를 안타깝게 여긴 90여 명의 선비들이 뜻을 모아 중건한 곳이다. 『미암일기』(보물 제260호)는 선조가 즉위한 1567년부터 11년 동안 쓴 것으로 당시의 역사와 풍속을 이해할 수 있는 귀중한 사료이다. 연계정은 미암종가와 사당, 모현관, 연못 등지와 함께 미암의 숨결이 배어 있는 대표적인 유적이다.

┃독수정(독수정원림)　　　　담양군 남면 연천리에 있는 독수정獨守亭은 고려 말 북도 안무사 겸 병마원수와 병부상서를 지낸 서은 전신민全新民이 1393년에 건립한 것으로 전한다. '홀로 지킨다獨守'는 뜻의 정자 이름은 백이·숙제의 절개를 노래한 이백의 시에서 가져온 것으로 고려가 망하고 조선이 건국되자 이곳에 은둔해 버린 전신민의 비장함이 담겨 있다. 1972년 후손이 중건하였고 정면과 측면 모두 세 칸이며 팔작지붕이다.

송강정
남극루
연계정
독수정
대덕면
고서면
남면
창평면

느리게 사는 즐거움

창평 슬로시티에서 얻은 자전거 철학 **나귀형** | 작게, 낮게, 느리게 **이선희**
느릿느릿 일상의 휴식을 찾아가는 여정 **김민선** | 담쟁이덩굴처럼 느리게 살기 **박소현**
담양 10미

창평 슬로시티에서 얻은 자전거 철학

나귀형

삼지내 마을 길
길 양쪽으로 늘어선 돌담길을 걷노라면
천천히 사는 법을 어느새 깨닫게 된다.

한옥에서 풍기는 세월의 기품

웬만한 것에는 놀라지도 않을 지천명의 세월을 살고도 답답할 때가 많다. 아무리 오래 살았어도 사는 건 늘 새롭고 어렵다. 나이 들수록 경험삼아 살아볼 수 없다는 절박함도 있다. 삶의 기준이 고정되지 않고 나이에 따라 새로운 잣대가 생겨 고민하게 만든다. 나는 이렇게 마음이 답답해질 때면 창평 슬로시티를 찾는다. 한가한 농촌풍경이 어디 창평뿐일까만 내가 사는 곳과 가까운 곳에 있는데다 자연과 마을, 도시와 농촌이 자연스럽게 어우러진 곳으로 이만한 곳도 없기 때문이다.

운이 좋으면 매 5, 10일마다 열리는 창평 5일장도 구경할 수 있다. 슬로시티로 공인된 곳이라는 데서 오는 만족감도 있다. 나 혼자만 유별나게 그리 생각하는 곳이 아니라 다른 사람들도 그렇게 생각하는 곳이라는 공증 같은 것이다. 공인된 곳에서 카메라를 들고 발길 닿는 대로 한량처럼 어슬렁거려도 아무도 이상하게 생각하지 않을 것이다. 이곳에서는 몇 시간이고 아무렇게나 방랑해도 괜찮을 것이다.

삼지내 마을 길 양쪽으로 늘어선 돌담과 담장을 장식한 능소화, 담쟁이 넝쿨, 담장 너머로 늘어진 감나무의 빨간 열매와 담장을 가지런히 덮은 기왓장, 그리고 반복되는 무늬에 포인트를 준 듯 허물어진 담장, 그 사이로 보이는 잡초 우거진 마당 풍경들. 언뜻 모두 같은 모양처럼 보이지만 자세히 살펴보면 각기 제 나름의 가풍을 담은 듯하다. 넓지도 좁지도 않은 담장 사이의 길, 그 길가로 흐르는 시냇, 담장 너머로 보이는 한가한 한옥에서 풍기는 세월의 기품이 갑갑했던 마음을 풀어준다.

나지막한 담장 사이로 반쯤 침범을 허락한 집 주인의 넉넉함도 좋다. 마침 그날이 주말이라면 멀리서 찾아온 낯선 여행객들과 자연스레 섞이는 정겨움도 맛볼 수 있다. 이들 중 몇몇은 나처럼 마음이 답답해 찾아온 사람일 수도 있고 낯선 곳에 대한 호기심에서, 또는 농촌 마을에 대한 동경에서 순례하듯 찾아온 사람도 있으리라. 동기는 알 수 없으나 길을 걸으며 열린 대문 사이로 보이는 집 안을 조심스럽게 들여다보는 그들의 눈길을 보며 천천히 살아가는 삶을 동경하는 동료애까지 느낄 수 있다.

담장 아래엔 계절에 맞춰 자그마한 야생화들이 심겨 있고 시도 때도 없이 찾아오는 여행객들이 담장 너머로 흘깃 쳐다보는 것에 이골이 났을 법한데도 대문은 늘 열려 있다. 입장료를 받는 것도 아닌데 집 안 곳곳을 둘러보도록 허락한 주인은 무척 게으르거나 아니면 너그러울 게다. 대문에 으레 있기 마련인 문패 대신 '매화나무집', '겁나게 많은 석류나무집', '한옥에서', '지혜가 담긴 집', '아궁이가 예쁜 옛집' 같은 퓨전 당호가 걸려 있는 것도 이 고택 주인은 고지식하지는 않을 것 같다는 안도감을 준다.

슬로시티에서 마주치는 여행객들이 주로 젊은이들이라는 점도 좋다. 젊은이들과 함께 있으면 나도 젊어진 것 같다. 사실 그들과 나는 피부가 약간 팽팽하거나 쭈그러져 보일 뿐 마음은 같다. 삼삼오오 무리 지어 다니는 젊은이들이 그리 오래된 기억 속 모습도 아니다. 세월이 덧없이 흘렀을 뿐이다. 이렇게 지나고 보니 사는 건 똑같은데 나는 왜 그리 급하고 어렵게 살아왔던가.

자전거로 느낀 느림의 미학

사람들은 목표한 목숨을 다 살지도 못하고 중간에 멈추게 되는 경우가 많다. 흔한 교통사고로, 화재로, 길거리의 묻지마 폭력, 강간살인으로, 아무리 조심해도 찾아오는 불치의 암 따위의 질병 등으로 오늘 일도 알 수 없는 삶을 살아간다. 사람들은 조금 더 잘 살고 조금 더 행복해지기 위해 내일을 기약하며 찌든 하루에 위안을 보내기도 하지만 고생만 하다 가는 경우가 허다하다. 지나고 보면 모두 허망한 것, 이쯤 되면 산다는 것이 죽음을 향해 다가가는 것과 다름 아니다. 어쩌면 빨리 달려간 만큼 인생도 빨리 마감하는 게 아닌가 싶다.

배낭을 메고 자전거로 여행하는 젊은이들의 모습이 한결 여유로워 보여서 나도 자전거를 새로 구입했다. 길거리 풍경을 음미하며 다니기론 걷는 것 이상이 없겠지만 걸어서 가기엔 여행도 인생도 너무 지루할 것 같다. 나는 자전거 정도의 도만 깨우친 셈이다. 내가 살아온 인생에 비춰 자전거는 너무 급하지도 너무 게으르지도 않다.

자전거는 특별한 운전기술이 필요치 않기 때문에 머리가 좋은 사람이나 부자나 가난한 사람이나 목적지까지 가는 데 오로지 근력만 필요한, 꽤나 공정한 교통수단이다. 자전거를 고르려다 보니 자전거도 목적에 따라 모델별 기능이 각각이었다. 용도에 다라 픽시형, 생활형, 산악형, 로드형, 하이브리드형 등으로 다양하다. 이동수단 이외에 패션에 방점을 둔 것이 픽시형, 빨리 가는 것이 목적이면 로드형, 산악 지형을 이동하기 위한 것이 산악형, 로드형과 산악형의 중간이 하이브리드형이고 이것저것 두루뭉술 조합한 것이 생활형이다. 자전거에 사람 살아가는 모습이 그대로 투영돼 있는 것 같다. 픽시형은 모양이 예쁜 대신 속도를 내서 달리거나 험한 길을 달릴 수 없고, 산악형은 험준한 산길을 달릴 수 있는 반면 스피드를 즐길 수 없다. 로드형은 목적지까지 빨리 달릴 수 있는 대신 포장도로로만 달릴 수 있다. 하이브리드형과 생활형은 스피드와 비포장 길 주행을 반씩 가능하게 했지만 어느 쪽에도 부족하다. 어떤 모델이든 한 가지 조건만 충족시키지 모든 조건을 두루 만족시키지는 않는다.

이미 내 나이는 어떻게 꾸며도 폼은 나지 않기에 생활형 자전거를 구입했다. 새로 할 것이 없는 인생에겐 조금씩, 천천히, 오래 가지고 느낄 수 있는 것 만한 것이 없다. 그것이 내가 가진 한도에서 있는 행복을 최대로 느낄 수 있는 방법이기도 하다. 빨리 얻어 빨리 느끼고 빨리 끝내는 것이 얼마나 허전한 것인지는 내 나이쯤 되고 보면 몸으로 느끼며 저절로 알게 된다. 제 꼴에 맞게 사는 것이 가장 자연스럽고 스스로에게 최고의 만족감을 느끼게 한다.

요즘 이 자전거 때문에 내 인생이 온통 새로워졌다. 뻑 하면 자동차로 원래 목적 하던 곳만 재빨리 다녀오던 것이 자전거를 타고 다니는 것으로 바뀌면서 새로 발견하고 얻는 것이 많아졌다. 여태 나는 포장된 도로 주변만 보고 다녔지 골목길은 보지 못했다. 사람들은 골목길에 많이 살고 있었고, 삶은 골목길에 훨씬 더 많았다. 건강은 덤이다.

사는 동안 행복해야

삼지내 마을만 돌고 오던 슬로시티 여행도 여유로워지고 여행반경도 넓어졌다. 삼지내 마을에 있던 옛 창평동헌을 마

을 남쪽 논 가운데로 옮겼다는 남극루라는 보물(?)도 이제야 발견하고 도로 건너편의 블록하우스도 처음으로 가 봤다. '싸목싸목길' 을 따라 싸목싸목 오르다 산 그림자 드리운 용운지의 비경도 발견할 수 있었다. 저수지 제방에 앉아 산 기운을 느끼며 내려다보는 마을 전경이 평화롭기 그지없다. 이 모든 것을 작은 자전거 하나로 한꺼번에 얻은 것이다.

살아가는 길의 끝엔 누구에게도 공평한 죽음이 있다. 목적지는 이미 정해져 있는데 애써 빨리 갈 필요는 없다. 인생의 품격은 목적지에 얼마나 빨리 도착하느냐에 의해 정해지는 것이 아니라 사는 동안 행복한 시간이 얼마나 더 많으냐에 따라 달라지는 것이다. 그건 남이 정하는 것이 아니라 나 스스로 느끼고 평가하는 것이다. 숨겨진 보물들을 발견해 그 안에 있던 것을 충분히 느낄 수 있었던 것은 뉘엿뉘엿 천천히 갔기 때문이었다.

작게, 낮게, 느리게

이선희

마디마디 아파야 숲을 이룬다

남편과의 짧은 인연을 정리하고 힘겹고 거칠게 살아온 10여 년이 내게는 많이 힘든 시간이었다. 삶이 녹록하고 만만한 이 누가 있을까마는 누구나 그러하듯이 삶의 무게가 내게만 유독 무겁게 느껴지는 것은 당연하지 않을까 싶다. 아이들과 함께 삶의 기본인 생계문제를 해결하기 위해 일하는 몇 년 동안이 내게는 힘겹고 버거운 날들이었다. 때론 하고 싶지 않은 일들과 사람들 사이에서 부대끼며 내 안의 숨어 있던 우울함들이 불쑥불쑥 나를 찾아들곤 했다. 힘겨운 날들을 겨우 겨우 버티면서 지나온 십 년. 어느 정도 시간이 흐르고 마음이 정리되면서 아이들과 함께 여행을 하기로 했다. 아이들과 고민하고 상의한 끝에 담양으로 여행지가 결정되었다. 몇 해 전 지인들과 함께 찾았던 담양에서의 그 바람 소

리를 잊지 못하고 2012년의 가을 다시 담양을 만나러 왔다. 여전히 담양에
서는 바다를 품은 바람 소리가 흐르고 있었고 대나무 아래로는 제각기 기
쁘고 아프고 슬픈 사연을 지닌 이들이 수줍게 손을 흔들며 오가고 있었다.
쉼 없이 앞만 보고 달려가던 삶에 지쳤다고 느껴질 때 혹은 시린 사랑으로
가슴 한편이 못견디게 허전할 때 한번쯤 담양을 만나면 좋으리라. 삶이란

힘겹게 살아온 시간들이 고달프고
힘들어 잠시 쉬어가고 싶을 때 꼭
한 번 창평 삼지내 마을을 찾아가라
얘기하고 싶다.

게 구비가 없고 마디마디 아프지 않다면 나중에 이리 푸르른 숲을 이루지 못하는 것이라고 담양은 말없이 알려주고 있는 것이다.

올곧게 자란 것 같은 대나무도 저리 자라기 위해서는 마디마디 자신을 깎아내는 날들이 많았던 것이라고. 하지만 묵묵히 견뎌왔음에 오늘이 있는 것이라고.

굳이 입으로 소리내어 말하지 않아도 충분히 그날을 짐작할 수 있음에 자연은 위대하고 장엄한 것이라 감히 말할 수 있겠다.

삼지내 마을의 평화

힘겹게 살아온 시간들이 고달프고 힘들어 잠시 쉬어가고 싶을 때 꼭 한 번 창평 삼지내 마을을 찾아가라 얘기하고 싶다. 10월 가족여행지를 담양으로 정하고 숙박할 곳을 찾아보면서 알게 된 창평의 슬로시티. 느리게 간다는 말이 좋아 민박지를 결정하고 찾아간 삼지내 마을은 느리게 간다는 말이 정말 살아 있는 곳이었다. 1970~1980년대의 시골마을을 보는 듯한 낮은 담장과 돌담길. 담장 너머로 서 있는 감나무며 새 한 마리도 굶기지 않으려는 어른들의 따스한 마음씀씀이를 보여주는 듯 남아 있는 까치밥. 마을 전체가 한옥으로 되어 있어 손때 묻은 나무결 하나하나가 지친 세상에서 상처받은 마음과 잊고 살았던 내 자신을 위로해 주는 듯 느껴졌다. 어머니의 손맛을 고스란히 품고 있는 장독대 역시 도시에서는 볼 수 없는 아름다운 풍경이었다.

삼지내 마을에서의 가장 새로웠던 광경은 저녁 일곱 시가 되자 대부분의 가게들이 문을 닫는 모습이었다. 도시의 밤은 얼마나 화려하고 유혹적인가. 일곱 시면 잠자던 도시가 눈을 뜨고 불야성으로 변해 밤새워 사람들의 욕망을 토해내는 시간인데 이 마을의 일곱 시는 사람들과 자연이 함께 잠드는 시간이었다. 깜깜해진 골목길을 걸어 민박집으로 돌아오는 길에 가로등 불빛 하나 없었지만 달빛과 별빛으로 인해 그리고 사람들의 정서로 인해 결코 무섭거나 두렵지 않은 시간이었다.

살아갈 힘을 준 담양

저녁을 먹고 밤하늘을 보려고 고개를 들었을 때 밤하늘에 무수히 떠 있는 별들은 그야말로 별이 쏟아진다는 표현이 거짓이 아님을 실감하는 감동의 순간이었다. 잠깐 앉아서 별을 보려던 계획은 아예 마당 한가운데 자리 잡은 평상 한가운데 드러누워 별을 보는 걸로 순식간에 바뀌었다. 날씨는 약간 차가운 정도였지만 그 정도의 추위로는 별을 바라보는 경이로움과 바꾸기에는 좀 약하지 않았을까.

도시의 삶은 고단하고 퍽퍽하다. 어쩌다 고개를 들어 하늘을 보아도 별빛 하나 쉽게 찾을 수 없이 어둡기만 하다. 환경오염으로 인해 사라진 탓도 있겠지만 사람들의 강팍해진 마음이 별들이 숨쉴 수 없게 만들어 버린 것은 아닐까.

삼지내 마을에서 바라본 밤하늘의 별들은 지친 마음을 끌어안고 찾아든 나그네에게 이렇게 말하고 있었다. 조금 천천히 가도 된다고. 물 흐르듯이 천천히 흘러가다 보면 어느새 내 숨을 쉬고 있는 나를 찾을 수 있을 거라고.

담양에서 마음에 담아 온 풍경들이 오래도록 가슴에 남아 나를 살아가게 할 힘이 되어줄 것이다. 때로 현실에서 도망치고 싶을 때 나는 다시 삼지내 마을과 그 마을에서 보았던 별빛들을 떠올리거나 만나러 가겠지. 아직도 만나지 못한 정겨운 그림들이 나를 반겨줄 거라 믿으면서 담양과의 짧은 추억을 정리해 본다.

삼지내 마을 장독대
어머니의 손맛을 고스란히 품고
있는 장독대 역시 도시에서는 볼
수 없는 아름다운 풍경이다.

느릿느릿 일상의 휴식을 찾아가는 여정

김민선

아시아 최초의 슬로시티

창성할 창에 평평할 평.

'나라가 번성하고 세상이 태평하다' 라는 의미를 지닌 마을 창평. 아시아 최초의 슬로시티로 선정된 창평은 우리나라의 남서쪽, 전라남도 담양군에 소재한 마을이다.

느리게, 천천히, 여유롭고, 한가하게, 놓치고 지나쳤던 일상의 소소한 아름다움과 손잡는 여정이 바로 창평을 제대로 감상할 수 있는 여행법이다.

슬로시티 국제 연맹이 직접 실사하여 선정하는 슬로시티는 1999년 이탈리아에서 처음 시작되어 '느리게 살기' 미학을 추구하는 도시를 가리킨다. 담양 창평을 선두로 완도 청산도, 신안 증도, 장흥 유치면, 안동군 악양면까지 우리나라에는 총 5개의 지역이 슬로시티 인증을 받았다(현재 12곳).

빠른 속도와 생산성만을 강요하는 사회에서 벗어나 자연, 환경이 무엇

창평 당산제
이미 사라진 우리의 전통을 담양
창평에 가면 만날 수 있다.

보다 중요한 '사람' 과의 조화를 이루며 여유롭고 즐겁게 살자는 취지에서 시작된 슬로시티. 보고만 있어도 세상 시름없이 너그러운 마음을 갖게 하는 풍경들이 펼쳐진 창평 슬로시티의 이름은 '삼지내 마을' 이다.

무등산에서 뻗은 산줄기가 북쪽으로 곧게 펼쳐져 있고, 그 사이에 흐르는 견암천과 고산천이 영산강의 지류인 동강에 합류하는 지리적 위치로 세 강이 만난다하여 붙여진 이름이 바로 삼지내. 삼지내 마을의 어귀에 들어서면 상삼천에서 하심천으로 이어지는 3.6km의 돌담길이 한아름에 두 눈 가득 안겨온다.

걷고, 보고, 듣고, 꿈꾸는 곳

'느림의 미학' 을 앞세워 슬로시티 창시자가 내건 슬로시티의 구호들이 있다. 한가롭게 거닐기, 타인의 말에 귀 기울이기, 꿈꾸기, 기다리기, 마음의 고향찾기 등 무한 속도 경쟁의 시대에서 자신을 돌아보고 마음의 여유를 갖자는 것인데, 굳이 이러한 구호들을 의식하며 걷지 않아도 창평 삼지내 마을에선 느긋함과 동시에 평화로운 기운까지 덤으로 얻어갈 수 있다.

들어서는 어귀의 벽면 슬로시티를 상징하는 '거북이' 를 비롯한 벽화들에 눈길을 내어 주고 환한 햇살이 가득 내비치는 돌담길을 따라 걷다 보면 오래된 가옥들과 조용히 흐르는 맑은 개천, 올망졸망 피어난 잔꽃들이 잠시 시간의 흐름을 잡아 두고 있는 듯 누구든 편안한 여유로움을 느끼게 한다.

예로부터 창평을 둘러싸고 있는 전남 담양이 곡창지대로서 풍족한 고장이었음을 증명해 주는 것이 있는데, 바로 오랜 세월 이 고장의 곁을 지켜온 고택들이다. 그중 대표적인 것이 전통 주거양식의 산실이라 불리는 고재선 가옥이다.

1933년대에 건립된 이 가옥은 각종 수목과 방지로 구성되어 있고 중문

에서 안채로 출입할 때는 안채가 직접 노출되지 않도록 의도적으로 'ㄱ'자
형 형태로 건축하였다. 반면 마당에는 떨어진 문짝과 기와로 징검다리를
만들어 정겹고 편한 느낌을 안겨주기도 한다. 담들을 낀 통로를 비껴나자
마자 그 틈을 놓치지 않고 골목 사이사이 한 자리씩 꿰차고 자리한 목각인
형들이 슬며시 가벼운 미소를 짓게 한다.

　　이렇듯 화려하고 세련된 멋은 없지만 소박하고 고즈넉한 결을 간직한
고택을 돌아보고 있노라면 창평 삼지내 마을의 오랜 전통과 시골에 대한
향수, 거기에 자잘한 생명체들의 경이로움까지 느낄 수 있는 시간여행에
빠지게 된다.

　　또 하나, 삼지내 마을을 걷다 보면 돌담을 사이에 두고 삐그덕거리는
대문을 활짝 열어 둔 집들을 여럿 마주하게 된다. 커다란 쇳문을 번호키로
잠가 두고 24시 감시의 카메라까지 달아 놓은 도심의 일상과 비교되는 낯

대문을 열어 둔 한옥
예로부터 잠가 둔 적 없었다는 듯 도
시인의 마음속 빗장들을 거두어 준다.

선 풍경임에도 왠지 어색하게 느껴지지 않는 것은 애초부터 잠가둔 적 없었다는 듯, 마을을 둘러싼 넉넉한 인심들이 어느새 슬로시티를 걷는 사이 마음속 빗장들을 모두 거두어 갔을지도 모르기 때문이다.

으레 그렇듯 당연하다고 여기며 지나쳤던 풍경 중 불현 일상의 소소함이 경이로움이 되어 찾아오는 순간들이 있다. 담벼락에 얽힌 붉은 담쟁이 덩굴에게 시선을 내어 주는 시간. 자연의 끈질긴 생명력을 도심 속 아이들이 교과서 밖에서 배울 수 있는 공간은 과연 얼마나 될까?

사회와 학교가 요구하는 성과 중심의 빡빡한 일상을 견뎌내야 했던 아이들에겐 활자 밖 자연 속에서의 숨통 트이는 산교육의 현장으로, '속도' 위주의 물질문명 사회를 살아가는 현대인에게는 잠시 잊고 살았던 소박한 향수가 불현듯 가슴 벅찬 행복으로 다가올 수 있을 것이다.

창평을 대표하는 국밥과 쌀엿

느릿느릿 삼지내 슬로시티를 걷다 출출해질 때쯤 찾을 만한 먹거리는 단연 창평을 대표하는 쌀엿과 국밥이다.

창평 한과와 쌀엿
담백하고 고소한 맛이 일품이며
바삭바삭하여 이에 붙지 않는다.

바삭바삭하여 이에 붙지 않는 것으로 유명한 쌀엿과 더불어 창평의 명물로 이름난 창평국밥. 장이 서는 곳에서는 늘 한귀퉁이의 작은 자리를 차지하고 장을 보러 온 손님과 행상들의 요깃거리로 안성맞춤인 서민음식 국밥이 뭐 특별할 것이 있냐 싶겠지만은 국밥은 먹는 법은 간단해도 그 많은 양과 맛을 내는 데에는 적잖은 수고와 내공이 요구되는 음식이다.

천천히 창평 슬로시티를 둘러보며 마음의 여유를 찾았다면, 돌아오는 길엔 창평국밥 한 그릇으로 몸속까지 따뜻하게 데워 주는 것도 괜찮을 것 같다.

더 짙은 시골의 향수와 조촐한 시장 장터의 풍경을 만나볼 수 있는 곳도 있다. 바로 2011년 말부터 열린 창평 달팽이 시장. 매월 둘째 주 노는 토요일마다 열리는 달팽이 시장은 마을 주민이 만드는 작은 잔치로 시작해서 여유있는 삶을 원하는 가족들의 휴일 나들이 코스로 자리매김하고 있다. 행사 분위기의 시장이라고는 하지만 과도한 상업화를 내세워 도를 넘어선 여타의 축제와는 조금 다른 가념의, 마을잔치라고 보면 된다. 값으로 사고 팔 수 없는, 사람 사는 냄새가 물씬 풍기는 인정과 향수가 도사리고 있는 달팽이 시장에서는 당신 손으로 정성껏 만들어 들고 나오셨다는 어르신의 수수대빗자루와 짚으로 엮은 계란, 모닥불 아래 고구마 따위를 구워 먹는 풍경들도 엿볼 수 있다.

창평 슬로시티 삼지내 마을을 둘러보려 계획한 날이 혹여 기상이 좋지 않더라도 애써 날짜를 옮길 필요는 없을 것 같다.

햇살이 맑은 날이나 눈이 내리는 날도 좋겠지만 비가 오면 전통가옥의 처마 밑으로 떨어지는 빗방울을 보며, 촉촉히 젖어드는 돌담길을 바라보는 것도 나름의 운치가 있다. 자연이 내어 주는 대로 받아들이는 낭만적인 멋이 도사리고 있는 길목이 바로 이곳, 창평 슬로시티 삼지내 마을이다.

담쟁이덩굴처럼 느리게 살기

박소현

슬로시티·국밥·한옥의 여행

처음 가본 한옥 마을은 생소했다. 담쟁이덩굴이 뒤덮인 담장에 푸른 이끼가 고풍스럽게 끼어 있는 곳. 담장을 끼고 돌면 얼기설기 돌로 쌓은 돌담길이 구부러졌다, 다시 이어지는 곳. 생소한 느낌에서 벗어나면 어느새 정겨움이 되살아나는 곳. 그곳이 창평 슬로시티였다.

연극영화과 특유의 생동감 때문인지 대학 입학 후 정말 바쁘게 뛰어다녔다. 부산영화제 스태프 아르바이트로 시작해서 졸업영화를 찍으려는 선배들의 부탁을 거절하기 힘들어 스태프로 열심히 사방팔방을 다녔다. 뒤돌아보면 고등학교 때까지 공부라는 틀에 박혀 옴짝달싹 못하다가 대학에 들어왔다. 하지만 대학에 들어와서도 대학의 낭만을 느껴볼 여유조차 없었다. 정말 바빴다.

삼지내 마을 돌담길
담쟁이덩굴이 뒤덮인 담장에는 푸른
이끼가 끼어 있어 고풍스러움을 더
해 준다.

3학년 2학기가 되기 전, 불현듯 수고 싶은 생각이 들었다. 그때 담양이 떠올랐다. 얼마 전 담양을 다녀 온 친척분이 생각보다 볼거리가 많다고 했기 때문이다. 볼거리도 많지만 나로선 먹거리도 중요했다. 열심히 인터넷을 뒤졌다. 대나무 통밥부터 시작해서 국수거리, 창평국밥. 많은 먹거리가

창평 국밥
전국적으로 소문난 창평의 토속음식
으로 푹 고아 낸 곰국의 개운한 맛이
특징이다.

인터넷을 가득 메우고 있었다. 하지만 무엇보다 이상하게 국밥이 입맛을 당겼다. 단편영화를 찍을 때마다 끼니가 가장 문제였는데, 모여서 먹을 음식은 단연 국밥이 으뜸이었기 때문이다.

창평 슬로시티·국밥·한옥. 이 모든 것을 천천히 둘러보고 먹고 음미할 수 있다니. 여행을 준비하는 내내 마음이 들떴다. 버스에서 내리니 아담한 소읍이었다. 천주교 성당도 눈에 띄었다. 길을 잘못 들었나. 밭에서 뭔가를 캐시는 아주머니들이 계셨다.

슬로시티의 진정한 매력

슬로시티가 여기 맞냐고 묻자 아주머니는 바로 사잇길로 들어가면 된다고 말씀하셨다. 어디서 왔는가를 묻고는 내 얼굴을 흘깃 쳐다봤다. 그러더니 드시던 것을 주저 없이 내놓았다. 고구마였다. 솔직히 반나절 넘게 우동 한 그릇밖에 못 먹어 배가 고팠다. 달달한 고구마. 얼마나 맛있었던지. 나는 허겁지겁 세 개 정도를 입으로 꾸역꾸역 집어넣었다. 아주머니가 그런 내 모습을 보고 웃더니, 주전자를 앞에 놓으면서 따라 마시라고 했다.

오미자차였다. 그렇게 시원한 음료수는 처음이었다. 솔직히 엄마가 오미자차를 끓여 마시라고 할 때도 입을 앵 다물어버린 적이 많았다. 나름 까다로운 입맛이었는데, 오미자차의 그 시원한 목넘김은 지금도 잊을 수 없을 정도다. 게다가 고구마의 꿀맛은 또 어떤가. 나는 막연히 이게 창평 슬로시티의 진정한 매력이 아닐까 생각했다.

인적은 조금 뜸했다. 하지만 저쪽 담장 끝에서 보일 듯 말 듯 연인도 눈에 띄었다. 아이들의 웃음소리도 들렸다. 가족들과 연인들, 나 같은 대학생들이 두루 올 수 있는 곳이었다. 나는 유유히 발걸음을 옮기기 시작했다.

갖고 간 카메라로 한옥 대문을 찍고 담장을 찍었다. 담장 사이에 걸린 나무열매도 찍었다. 파란 하늘이 담벼락과 만났다. 고풍스런 처마 끝에 새가 앉아 있었다. 이제껏 봤던 풍경 중에서 가장 한가롭고 여유 있는 풍경이었다.

어릴 때는 가족들과 여행을 많이 다녔다. 자상한 부모님은 우리에게 많은 것을 느끼게 해 주고 싶은 마음이었을 것이다. 하지만 나이가 들고부터는 부모님과의 여행이 그다지 재미있거나 흥미롭지 않았다. 어떤 교수님은 빨리 독립할수록 성공도 빠르다는 말을 해 주었다. 빨리 부모님을 벗어나는 일, 어른이 되는 일, 독립하는 일. 그런 시간들을 기다리면서 대학생활을 분주하게 했던 것 같다.

하지만 현실은 끊임없이 내 발목을 잡았다. 등록할 때마다 부모님의 한숨 소리에 마음이 괴로웠다. 묵직한 삶의 무게가 나를 짓눌렀다. 혼자 여행하는 길. 창평에서 만나는 이끼 낀 돌담길과 오래된 처마와 기와지붕에서 품어져 나오는 연륜이 부모님을 닮은 것 같아, 마음이 아렸다.

삼지내 마을에서 불안을 극복하다

아기자기한 한옥 민박집에 들어서니 옛날 우물도 있었다. 지금은 사용하지 않는 곳이지만 그 까마득한 옛이야기가 내 발걸음을 잡는다. 어릴 때 우물에서는 무조건 귀신이 살고 있다고 믿었다. 하지만 그 우물귀신도 요즘의 핏빛 호러영화에 비하면 아무것도 아니다. 정말 발빠르게 변하는 세상에서 느리게 사는 것은 얼마나 힘든 일인가.

일부러 천천히 어슬렁어슬렁 걸어본다. 한옥 대문은 그 자체로도 예술적 향기가 물씬 풍긴다. 대문 너머로 옛날이야기가 새어나오는 것 같다. 잠시 가던 길을 멈추고 이야기에 귀 기울여 본다. 분명 내 나이라면 옛날에는 결혼도 했고 애도 낳았을 것이다. 그리고 밤낮으로 빨래를 하고 널고 다듬이질도 할 것이다. 간장과 된장을 만들어 항아리 가득 담아 놓을 것이다. 그리고 족히 네다섯은 되어 보이는 아이들이 쪼르르 치마폭을 붙잡을 것이다. 여기까지 상상만으로도 비실비실 웃음이 나왔다.

하지만 현실은 암담하다. 이렇게 불현듯 찾아온 창평을 기억할 수 없을지도 모른다. 이곳에서는 절대 뛰면 안 되는 거야. 주문을 걸고 또 걸어본다. 천천히 걸어가는 기쁨을 머릿속에 뚜렷하게 각인시키고 싶은 것이다. 오늘 내가 봤던 돌담과 담쟁이덩굴과 주홍빛으로 여문 감나무들을 기억할 수 없을 것 같은 불안감이 몰려든다. 앞으로 남은 일 년. 대학을 졸

삼지내 마을 소달구지
걱정만 앞서는 세상, 이렇게
느리게 살아도 된다는 것을
삼지내 마을에서 깨달았다.

업하면 내 인생이 장밋빛이 될지 까마득한 어둠이 될지 알 수 없기 때문
이다.

아까 삼지내 마을로 들어갔던 입그를 찾아도 잘 나오지 않았다. 고구마
를 주고 목이 막힐까봐 오미자차를 가시게 배려했던 그 정겨운 아주머니
들을 다시 만날 수 없었다. 대신 진짜 입구로 나오게 됐다. 입구에는 예쁜
팻말과 관광지도가 있었다. 알 수 없는 길로 들어갔다가 제대로 된 입구로
나오게 됐다.

문득 앞으로의 삶을 미리 걱정할 필요는 없다는 생각이 들었다. 뛰다가
걷다가 달리다가 쉬다가 이런 게 사는 묘미가 아닐까. 그리고 좋은 사람들
을 만나고, 생각지도 못한 사건과 부딪히면서 말이다. 바쁘게 살아왔지만
앞으로 더 바쁜 생활이 내 앞에 펼쳐져도 괜찮다는 생각이 다시금 들었다.
이렇게 느리게 살아가는 방법도 있다는 것을 오늘 알았으니까.

담양 10미味

떡갈비

갈비에 붙어 있는 살을 떼어낸 후 채치듯 다져 동그랗게 만들어 다시 뼈에 얹어 굽는다. 인절미 떡을 연상하는 모양의 떡갈비를 입안에 넣으면 살살 녹을 것처럼 부드러운 맛과 씹히는 맛이 조화를 이룬다.

대통밥

대통에 쌀과 대추, 은행, 밤을 넣고 압력솥에서 20~30분간 쪄 내는데 향기가 은은하면서 씹히는 맛이 쫄깃쫄깃하다. 대나무로 만든 음식은 정신과 피를 맑게 해주고 스트레스와 숙취 해소에 도움을 준다.

죽순요리

식이섬유, 비타민C가 풍부하고 아삭아삭한 질감과 담백한 맛이 새콤달콤한 초고추장과 잘 어울린다. 여기에 쫄깃쫄깃한 우렁이살을 넣는 것이 죽순회의 포인트이며 담양 토속음식의 대표적인 별미이다.

돼지숯불갈비

특유의 양념에 하루를 재운 다음 숯불에 구울 때는 5~6가지가 넘는 갖은 양념을 계속 발라 고기 깊숙이 독특한 맛이 스며들게 한다. 고기가 연하고 부드러워 술안주로 인기가 있다.

담양국수

담백한 맛의 비빔국수, 멸치와 야채로 우려낸 진한 국물의 물국수 그리고 대나무 잎과 각종 약재를 넣고 삶은 달걀은 담양을 찾는 관광객들에게 별미로 각광 받고 있다.

창평국밥, 암뽕순대

푹 고아 낸 곰국이 일품인 창평국밥은 돼지머리와 순대, 내장 등을 듬뿍 넣어 국물에 밥을 말아 먹는 음식이며, 암뽕순대는 암퇘지의 내장을 이용해서 돼지피, 콩나물, 당면, 마늘, 참기름을 넣어 냄새가 없고 더 쫄깃하고 담백한 맛을 낸다.

전통한정식

조기구이, 적반, 쇠고기구이, 홍어찜, 굴비, 민물고기, 죽순회, 육회, 돼지머리고기, 취나물, 고사리, 오이소박이, 참게장, 토하젓, 감장아찌 등 특히 '집장'을 기본양념으로 사용하고 있어 옛 맛을 살려준다.

한과·쌀엿

형형색색 색동옷 곱게 차려입은 듯 보기만해도 탐스러운 빛깔으 한과와 겉보리의 싹을 틔워 고두밥과 함께 당화시켜 만든 쌀엿은 달지 않고 담백하며 입안에서 사르르 늑는 그 맛이 일품이다.

한우생고기

댓잎과 대숯을 먹여 키운 대숲맑은 한우는 품질이 균일하고 아미 노산, 올레인산, 불포화 지방산이 다량 함유되어 있어 맛이 담백하고 고소하다.

메기찜·탕

양질의 단빠질과 지방, 비타민B를 풍부하게 함유하고 있어 신장과 간을 보호하고 혈액순환도 도와줘 먹으면 피부가 좋아진다. 매년 봄에 직접 다듬고 말린 시레기를 깔고 졸인 양념에 묻어나는 나물 맛이 그만이다.

관방제림의 가을 이야기

임인택

강과 숲이 어우러진 곳

바람이 분다. 바람에 햇살이 흔들린다. 나뭇잎은 바람에 흔들리고, 흔들리는 나뭇잎은 땅 위에 떨어진다.

담양 관방제림, 바람에 나뭇잎이 흩날리는 모습을 며칠째 보고 있다. 겨울 속으로 훌훌 떠나가는 이파리들의 모습이 봄바람에 꽃잎 날리는 벚꽃의 모습보다 더 아름답다. 마지막 이파리들마저 떠나면 나무는 비로소 거친 눈보라에 몸을 맡길 것이다.

가을이 깊어갈수록 풍경도 깊이를 더해 가며 그 풍경을 바라보는 내 마음 또한 가을의 색깔만큼 성숙해 간다.

담양을 안고, 담양을 지나 백진강이 흐른다. 백진강은 영산강 상류로 주민은 그냥 관방천이라 부른다.

조선조 인조 당시(1648년) 담양부사 성이성이란 분이 홍수 피해를 막기 위해 관방천을 따라 제방을 쌓고 나무를 심기 시작해 철종 때(1854년) 다시 제방을 크게 보수하여 오늘에 이르고 있는데, 관에서 제방을 쌓아 수해를 막으려고 인공조림을 했다해 관방제림官防堤林이라 부르고 있다. 관방제림은 백진강을 따라 2㎞의 둑길에 320여 그루의 느티나무, 푸조나무, 팽나무, 벚나무 등이 천연기념물 제366호로 지정되어 보호를 받고 있다. 그중 200~400년 된 노거수 185그루는 이름표를 달고 역사의 산증인으로 위용을 자랑하고 있다. 나무들 곁에 서 있으면 바람결에 수런수런 옛얘기를 들을 수 있어 보는 것만으로도 행복하고 마음이 편해진다.

담양은 행주형국行舟形局으로 배를 움직이는 뱃사공이 있어야 한다는 풍수지리설에 따라 제방을 쌓은 후 1838년 석인상 한 쌍을 천변에 세우고 사공불沙工佛이라 이름 하며 담양의 번영과 안녕을 기원했다. 200년 세월을 감당하지 못해 모습은 심하게 마모되었지만 이웃집 할아버지 할머니를 뵌 것처럼 정이 가 둑에 나올 때면 꼭 들러 인사를 드린다. 전라남도 문화재 21호로 지정되었지만 길가 한쪽 모퉁이 민가의 담장 밑에 겨우 비가림이나 하고 있어 보기 민망하다. 그 어디에도 이런 소중한 문화재가 있다는 안내판 하나 세워져 있지 않아 누구도 관심을 두지 않는다. 관방제림이 소중한 것처럼 사공불 또한 오늘의 담양을 있게 한 소중한 문화재임이 틀림없다.

죽녹원 입구 향교다리를 중심으로 강 상류쪽 제방에는 관방제림이, 하류쪽으로는 유명한 담양국수거리와 5일 시장(2, 7일에 장이 섬)이 둑길을 따라 이어진다. 강 건너편 산 밑 강을 따라 나무데크 길을 만들어 놓아 이 길을 유유자적 걸으면 마치 강 위를 걷는 것처럼 새로운 감흥을 맛볼 수 있다. 또한 강가의 카페에 앉아 강물에 사랑을 띄우고 옆 갤러리에서 전시하는 여러 작품들에 마음을 살찌우는 호사를 누려 보는 것도 담양이 주는 여유로움이라 하겠다.

하류 쪽은 강폭도 넓어 갈대숲 곳곳에 낚시꾼들의 낚싯줄이 허공을 가르고, 석양이면 물 위를 뛰어오르는 물고기의 하얀 반짝임과 저녁 만찬을 즐기는 백로의 느긋함이 어울려 붉은 노을을 더욱 붉게 물들이고 있다. 위쪽 관방제림에서 느끼지 못한 또 다른 다듬어지지 않은 원색의 진한 정경을 하류에서 맛볼 수 있다.

또한 국수거리 입구에 서 있는, 어쩌면 세상에서 가장 클지도 모른 1번 명찰을 달고 있는 옴나무(일명 엄나무)의 장대한 모습을 보며 먹는 국수

담양 떡갈비
조선시대 수라상에 올랐을 만큼
이름난 담양의 대표적인 음식이다.

맛하며, 시장 통에서 팔뚝만한 대통순대를 안주 삼아 친구와 기울이는 담양 대나무 막걸리 잔에서 넘쳐나는 정은 담양 떡갈비와 함께 결코 잊을 수 없는 담양의 맛이리라.

하늘을 나는 가을의 편린들

가을은 짙은 녹음의 끝을 따라 슬며시 들어와 온통 세상을 화려한 색깔로 물들이고 잰걸음으로 우리 곁을 떠난다. 시월의 끝자락 온 산하가 울긋불긋 단풍으로 물들었다. 관방제림의 나무들도 나뭇잎들이 거짓말처럼 달라졌다. 노랗고 빨간 기운이 살짝 맴돈다 싶더

관방제림 가을 길
구불구불한 줄기를 제멋대로 뻗고
있는 고목의 모습은 너무 거룩해
신령스런 분위기를 자아낸다.

니 어느새 물기가 싹 가시면서 색깔은 짙은 그리움을 자아낸다. 가을은 초목과 짐승들의 몸에서 물기를 걷어 가 마침내 까칠해지게 하고 모든 살아 있는 것들을 숙연하게 만든다. 아름다운 단풍의 풍광을 따라 쉬엄쉬엄 걸으며 가는 가을을 마음으로 즐겨봄도 이 계절에만 맛볼 수 있는 작은 사치가 아니겠는가. 날마다 관방제림의 가을을 지켜보며 소멸하는 아름다움을 읽고 있다.

제방 길은 황홀하다.

구불구불한 줄기를 제멋대로 뻗고 있는 고목의 모습은 너무 거룩해 신령스런 분위기를 자아낸다. 나무들은 제 몸을 태워 길을 밝힌다. 혼신魂神의 내림굿을 시작하는 무녀들처럼 울긋불긋 찬란한 옷으로 바꿔 입고 신들린 춤을 추는 나뭇가지 사이를 바람이 추임새를 넣으면 이파리에 부서지는 햇살은 신기루가 되어 세상은 온통 황홀하다 못해 차라리 처연하기까지 한다. 떨어지는 햇빛에 걸린 영롱한 단풍잎, 바람이 불 때마다 우수수 나뭇잎 비가 내린다.

낙엽은 제방에 떨어져 꽃이불이 되고, 낙엽에 발목이 푹푹 빠지는, 발걸음을 옮길 때마다 발등을 덮으며 바스락대는 낙엽들. 낙엽이 내는 소리가 좋다. 끝없이 이어진 낙엽 길이 좋다. 바람이 불때마다 비포장도로를 달리는 자동차 뒤의 먼지처럼 하늘을 나는 가을의 편린들. 가을 길손들.

낙엽이 바람에 날린다.

타는 노을이 강가로 늘어진 나뭇가지를 타고 강물로 떨어져 내린다. 소슬한 바람이 백진강의 수면 위에다 잔잔한 파문을 만들면 강물도 그것을 바라보는 사람들의 마음에 곱게 가을을 물들인다. 가을바람이 되어 제방 길을 걸으며 가을의 참 멋을 두 눈에 가득 담은 사람들은 얘기한다. "허허 참, 그 가을 곱기도 하다!"

겸허하게 몸을 낮추는 법을 가르치는 숲

관방제림의 숲 속에도 여백과 여백이 많아졌다. 느긋하게 걷는 것만으로도 깨달음을 주는 것이 가을 숲이다. 가을 숲은 한 권의 책이다. 찬찬히 책을 읽듯 적당한 곳 벤치 위에 앉아 오래 머물면서 햇살에 비친 가을 숲이 들려주는 얘기를 듣는다.

누구나 가을 숲에 들어서면 인생을 볼 수 있다. 떨어지는 낙엽을 통해

삼인산
해질 무렵 황금빛 잔물결이 삼인산의
실루엣을 머금는 강가를 거닌다.

삶의 무상을 느낀다. 삶에만 닫혀 있던 시선이 죽음에까지 눈을 뜨게 하는 것도 가을 숲이 우리에게 일러주는 교훈이다. 집착과 욕망과 소유가 괴로움의 근원이라는 것을 알면서도 누구나 쉽게 괴로움의 발걸음을 멈추지 않는다. 작은 욕심으로 말미암아 괴로움이 생긴다는 삶의 진리와 마주하기에는 삶은 어쩌면 너무 위선적이고 두려운 것인지도 모른다. 가을 숲은 한번쯤 진실이라는 거울 앞에 서서 자신의 모습을 비추어 보라고 이르고 있다.

어느 늦은 가을날 내 몸 또한 저 나무들처럼 아름다울 수 있을까 생각해본다. 곱게 물든 이파리를 거느리고 모든 욕망을 서슴없이 버린 여윈 몸으로 나무들처럼 의젓이 서야 한다고 가을 숲은 가르침을 준다. 오늘 내게 겸허하게 몸을 낮추는 법을, 말 이전의 진리를 보여주고 있다.

황금빛 잔물결, 삼인산 실루엣

바람이 문득 차다.

겨드랑이를 치켜들고 그 손끝 하늘에 닿을 듯 벗어내는 알몸의 정결을 본다. 나무는 두 팔로 텅 빈 하늘을 안고 빈 가지로 구름을 낚고 있다. 나무가 잎 비우니 비로소 하늘도 보인다. 비워 갈수록 깊어 가는 가을.

제방과 숲과 강에는 봄·여름·가을이 다녀가고, 이제 겨울도 머지않았다.

나는 거의 매일 해질 무렵 황금빛 잔물결이 삼인산의 실루엣을 머금는 강가를 거닐며 노을에 자줏빛으로 젖어 돌아오곤 했는데, 어느 날 아침 눈을 들어 보니 지나간 시간도 남은 시간도 너무 짧다.

곱게 물든 낙엽을 주워 책갈피에 끼워 둔다. 어느 날 문득 책을 펼치면 가볍고도 찬란한 추억의 무게가 손끝에 느껴지리라. 그 추억에서는 그날의 향기가 묻어날 것이다. 나는 그 향기를 못 잊어 다시 관방제림의 숲 속에 환하게 물들인 얼굴로 고목나무가 되어 서 있을 것이다.

담양의 '소쇄'

한영이

소쇄원에 가자

모교의 평생교육원에서 소설쓰기 수업을 듣고 있는데, 학기 중에 소설을 한 편 내는 것이 숙제였다. 서툴지만 공들여 쓴 내 소설을 보시고 교수님은 한 마디로 '소쇄' 하다고 평해 주셨다. 익숙하지 않은 말인데, 좋다는 것인지 나쁘다는 것인지 별로 감이 오지 않았다. 다행히 예전에 교수님께서 박완서님의 소설이 '소쇄하다' 고 말씀하신 게 기억이 나서 안심이 되었다.

사전 상으로는 '맑고 깨끗하다' 는 뜻인데 아무래도 느낌이 오지 않았다. 그래서 남편과 결혼 1주년 기념여행을 담양으로 가기로 했다. '소쇄원' 에 가자, 가서 한 번 확인해 보자. 소쇄함이 무엇인지, 소쇄하면서 좋은 글은 어떻게 쓰면 되는 것인지 가면 알게 되겠지?

남편은 담양에 가족들과 가본 적이 있는데 매우 고즈넉한 곳이라고 했

소쇄원
글을 읽고 쓰는 선비에게 필요한
딱 그만큼의 것이 소쇄원에 있었다.

다. 우리 부부가 여행지를 선택할 때 고려하는 점이 딱 세 가지가 있다. 편히 묵을 잠자리, 정갈한 음식, 고즈넉함. 담양은 이 세 가지를 충족하는 여행지였다.

돌 속에 품어왔던
수만 년 동안의 이야기

전국에 펜션들이 난립하면서, 인터넷에서 사진을 보고 혹해서 예약했는데 실제로 가서 보고 말도 못 하게 실망한 펜션들이 많았다. 하지만 우리가 묵은 'ㅅ' 펜션은 오히려 사진보다 실물이 더 좋

메타세쿼이아 길
늦가을이라 낙엽이 떨어지는데 잎이
얇고 가벼워 마치 갈색 눈이 날리는
것 같았다.

은 숙박지였다. 앞으로는 담
양호를 뒤로는 추월산을 두고
자리 잡았는데 고즈넉함이 이
루 말할 수 없었다. 테라스에
있는 히노끼탕에서 노천욕을
하는데 밖에는 초겨울 비가
내렸다. 일본의 어느 료칸에
서나 가능한 일인 줄 알았는
데……. 소나무와 호수를 바
라보며 숲 속에서 목욕을 하
려니 신선놀음이었다.

다음 날 아침에 담양 쌀과
한우를 재료로 한 떡국을 펜
션 주인아주머니가 끓여 방으
로 가져다 주셨다. 빵과 계란

추월산의 일출

으로 만든 아침을 여러 펜션에서 먹어 보았지만, 이처럼 정성스런 아침상
은 처음 받아 보았다.

메타세쿼이아길은 늦가을이라 낙엽이 떨어지는데 잎이 얇고 가벼워 마
치 갈색 눈이 날리는 것 같았다. 낙엽이 떨어진 길은 마치 융단을 깔아놓
은 것처럼 푹신했다. 남편이 예전에 왔을 때는 찻길이었다고 했는데 지금
은 차가 다니지 못하게 막아 멋진 산책로로 변신했다. 천 년도 산다는 이
나무를 위해 사람들이 양보해 준 모양이다. 산과 나무가 가득한 우리나라
에는 아름다운 길도 많지만 이처럼 크고 정겨운 나무가 양쪽에서 굽어봐
주는 곳은 여기뿐인 것 같다.

한때 화석으로만 존재했었고 70년 전에야 중국에서 발견되었다는 나무

라 더욱 신비하게 느껴진다. 하마터면 돌 안에 갇힌 채 잊혀졌을 나무가 이처럼 숲길을 이뤄 산책로를 만들어 준 것이 고맙다. 크고 굵고 잎이 넓어서 규모로 압도하는 나무는 여럿 있겠지만, 잎이 고사리나 이끼같이 아기자기하고 친근하게 다가와 그 오랜 역사를 속삭여 주는 그런 나무는 메타세쿼이아뿐이다. 그 길 안에 있자니 마음이 편해진다. 메타세쿼이아가 돌 속에서 품어 왔던 수천, 수만 년 동안의 이야기를 전해준다.

그 잎의 보드라움으로, 금발을 연상시키는 고급스러운 빛깔로 내 마음을 사로잡은 메타세쿼이아. 그 나무가 전국 어디에 있는지 찾아보게 될 정도로 나는 그 나무를 사랑하게 되었다. 길고 이국적인 이름 때문에 플라타너스와 헷갈려서 '이것도 잎이 넓으니…' 라고 생각해 온 것이 메타세쿼이아에게 미안했다.

우리나라에서는 40여 년 전에 묘목을 심은 것이 이제 이렇게 장성하여 신비로운 길을 만들어 주었다니, 분각을 다투며 사는 것이 한편 답답하고, 메타세쿼이아를 닮고 싶어진다.

대나무 숲을 가장 아름답게 보여주는 죽녹원

죽녹원은 대나무 숲을 가장 아름답게 보여주는 공간이다. 바람에 대나무가 흔들리는데, 어쩌면 이렇게 시 같고 음악 같고 시원하고 산뜻한 소리가 있을 수 있을까. 그 생긴 모양만큼이나 특별하다. 윤선도가 '나무도 아닌 것이 풀도 아닌 것이' 라고 했다는데, 개성만큼은 모든 나무 중 최고일 듯싶다. 줄기가 그처럼 가늘면서도 높게 올라간 것이 신기하고 대견하다.

담양에만 있다는 대잎 아이스크림은 빛깔은 녹차 아이스크림과 비슷했다. 녹차아이스크림이 쓸쓸하면서도 단맛이 강한 데 비해 대잎 아이스크림

죽녹원

바람에 대나무가 흔들리는데, 어쩌면
이렇게 시 같고 음악 같고 시원하고
산뜻한 소리가 있을 수 있을까.

은 부드럽고 담백해서 인공적인 맛이 덜했다. 어른을 위한 아이스크림 같다.

철학자의 길이 따로 있을 정도로 사이사이로 보이는 푸름이, 나무들이 부대끼며 내는 소리가 사유를 위한 최고의 길을 만들어 준다. 아무리 오래 걸어도 심심하지 않을 길이다. 대숲에 드는 바람을 녹음해서 만든 음악을 독서할 때 틀어놨더니 최고의 서재가 만들어진다.

소쇄, 맑고 깨끗하다

그렇게 두 군데를 걷다 보니 허기가 느껴져서 읍내의 'ㅅ' 식당을 찾아갔다. 죽순나물밥과 떡갈비를 같이 내는 정식을 먹었는데 서울에서는 접할 수 없는 것이어서 천천히 먹으며 오래 기억하고 싶었다. 내가 그간 서울에서 먹어 온 것은 진짜 떡갈비가 아니었던 것 같

죽순회무침
대나무 순이라고 믿기 힘들
정도로 부드럽고 달콤하다.

다. 서울에서는 거의 시루떡같이 넓적한 형태로 나오는데, 도톰하고 동그랗게 부쳐 나오는 이것이 진짜 떡갈비인 모양이다. 식감도 꽤 쫀득쫀득했는데 그야말로 갈비로 만든 떡 같았다.

죽녹원에서 본 대나무의 순이라고 믿기 힘들 정도로 죽순은 부드럽고 달았다. 죽순무침 같은 요리는 서울에서 맛보기 어려운 것이라 정성을 들여 먹었다.

마지막으로 소쇄원에 들렀다. 아무 생각 없이 관광명소라니까 들렀다가는 '아, 그냥 옛날 집 두 개네.' 하고 실망할 수도 있겠으나, 그것은 소쇄함을 간과한 것이다.

맑고 깨끗하다. 소쇄.

이곳은 소쇄함이 무엇인지 가장 잘 보여주는 곳이다. 글을 읽고 쓰는 선비에게 필요한 딱 그만큼이 소쇄원에 있었다. 마루에 앉아 바라본 정원은 정결하고 간소해서 선비의 마음마저 비우게 하였을 것이다. 스승 조광조가 귀향을 가게 되자 낙향하여 이곳을 돌보게 되었다는 양산보의 마음이 느껴진다. 낙담하고 상처 받았을 양산보는 이곳에서 다시 맑고 깨끗한 마음을 회복하였을 것이다.

여기에 머물며 자연과 벗 삼아 살던 양산보의 마음이 소쇄하며, '남에게 팔지 말며, 원래 그대로의 모습으로 보존할 것이며, 어리석은 후손에게는 물려주지 말라'고 했던 양산보의 유언대로 소쇄원을 500년 동안 지켜온 그의 후손 또한 소쇄하다.

소쇄함을 '초라한, 약소한, 보잘 것 없는, 웅장하지 못한' 정도로 해석했던 내가 부끄러워진다. 소쇄함이야말로 '글'이, '사람'이, '삶'이 지녀야 할 가장 소중한 것이므로.

담양은 나에게 소쇄함이 무엇인지 맛으로, 소리로, 모습으로 보여준 스승이 되었다.

마음의 길이만큼
길어지는 길

양희정

메타세쿼이아 길
담양의 바람에는 파스텔 향이 묻어
난다. 모두가 초록웃음이다.

느낌과 추억이 담긴 알콩달콩한 얘기

우리 가족에게 담양으로 향하는 것이 '밖으로 나가는 것'이다. 가뿐하게 갈 수 있어서 자꾸 밖으로 나갔다. 정확하게 언제부터 다녔는지는 흐릿하지만, 자주 다니는 음식점의 여사장님의 머리가 내 머리보다 조금 더 많은 은색이 내려앉은 것을 보면 꽤 오래된 것 같다. 애들도 맛있는 것을 먹자고 하면 담양 어느 집이냐고 물어본다. 녀석들이 가고 싶은 집을 추천하기도 한다. 그동안 그렇게 담양을 드나들었지만 선명한 주제를 품고 다녔던 것은 아니다. 예쁜 꽃 한 송이 느끼려는 마음으로, 가족과 함께 상큼한 바람을 맞으려 담양을 자꾸 다녔다. 우리가 담양을 다니면서 느낌과 추억이 담긴 알콩달콩한 얘기들을 쓰고 싶다.

'가사문학로'의 길을 나름 잘 알고 있다. 담양에 사시는 분들 특히, 고서면이나 남면에 사시는 분들은 웃으시겠지만 우리는 그 길에서 이야기들을 만들고 흘려보냈다. 사실 처음으로 지날 때에는 이 길을 잘 몰랐었다. 6, 7년 전에 큰애가 담양가사문학관에서 실시하는 시조 응모전에서 수상한 적이 있다. 시상식 당일은 참가하지 못하고 따로 상장과 상금을 수령하려고 갔었는데, 그것이 우리 가족과 가사문학로의 첫 '함께여행'이었다. 자식이 노력하여 얻은 결과인지라, 가는 도중에 아름다운 꽃잎이 내리듯 마음속에 무지개가 내렸다. 하나하나를 소풍길 걷듯 바라보고 마음으로 만지면서 운전하고 있었다.

고서 사거리에서 가사문학관으로 들어서면 시골길답지 않게 완전 직선으로 된 길이 펼쳐 있다. 포도밭들이 지키고 있는 한 일ㅡ자의 길이 낯설고, 한두 뼘쯤은 더 깊고 더 낭만적인 장소로 이어질 것 같다.

그 일자길이 아주 조금 오른쪽으로 바뀌는 지점 우측에서 할머니와 할

아버지가 작은 간판도 없이 포도를 판매하셨다. 우연히 들렀다가 놀랄 만큼 맛있어서 해마다 다니다 보니 단골이 되었다. 어떤 해에 포도주를 어떻게 담그는지 여쭸더니 할머니가 소녀처럼 겸연쩍게 웃으시면서 잘 모르신다고 하셨다. 다음에 올 때까지 꼭 알아 놓겠다고 말씀하셨고, 지인들에게 묻고 물으셔서 친정엄마처럼 가르쳐 주셨다. 올해도 갔더니 소박한 그 장소에 그분들은 안 계셨고, 다른 분들이 그 두 분은 포도 농사를 그만두셨다고 했다. 마음이 억지로 치워진 기분이었다.

섬초롱꽃 하얀 가로등

일자가 끝나면 메타세쿼이아 길이 열려 있다. 담양의 중요 메타세쿼이아 길도 아니고, 또 순창으로 가는 길에도 더 길게 늘어선 메타세쿼이아 길이 있다. 메타세쿼이아가 심어진 길이가 길지도 않고 나무들이 다른 곳과 비교하면 크게 울창하지도 않지만, 달리는 차 안에서 바라보면 그 천여 미터의 순간에 특별하게 마음이 열리는 장소이다. 나무가 높아서인지 그 나무들 끝에는 초록웃음이 있을 것 같다.

'고읍교'라는 조그만 다리가 나오는데, 다니는 도로의 높이보다 많이 낮은 곳에 신기하게도 카페가 있다. 여름이면 한줄기 물을 분수처럼 뿜어 주고, 가을 겨울에도 불빛들이 밝고 힘차게 빛나는 집이다. 맨 처음 갈 때도 있었고, 올해 가을에 지날 때에도 제자리를 지키는 집이다. 아직까지 한 번도 들러보지 않는 찻집이지만, 속마음은 가사문학로를 지키는 터줏대감 같은 느낌을 주어서 아껴 두었다가 나중에 그 찻집의 문을 열어보고 싶다.

조금 더 올라가면 '장원봉' 산허리에 가사문학로가 계속된다. 그 길에는 그윽한 가로등들이 있다. 조그만 종 모양의 섬초롱꽃 하얀 가로등들이 있다. 낮에는 구릿빛 받침대 위에서 우리를 지켜보다가, 밤에는 화사한 하얀나비 빛들을 밝혀 준다. 빛의 소리가 가득한 숲 속 길을 지나는 것 같

다. 밤에 빛이 사색하면서 산책한다면 이 길을 지날 것이다.

가사문학로는 상업건물들마저 '시의 길'인 것 같다. 유원지처럼 줄지어 있는 것이 아니고 한 채씩, 두 채씩 늘여 있는데 예쁘고 다정하고 소박한 길을 만들어 준다. 2년여 전만 해도 빛나는 LED로 선명한 하트 모양을 사람보다 더 크게 건물 건너편 길옆에 세워 둔 집도 있었다. 지금은 안 보이지만 또 다른 집의 싱싱한 불빛이 가득 빛나고 있다. 고객 유치가 목적인 상업용인 것을 알고 있지만, 아기자기한 반딧불들의 휴식이 떠오른다.

완만하게 내려온다. 시향詩香이 흐르고 묵향墨香이 흐른다. 유유하게 가사문학관이 있다.

가사문학에 대해서 고등학교 때 배운 내용 이외에는, 정확하게 말하면 대부분 '까먹고' 남은, 근거 없는 얕은 귀동냥뿐이다. 첫째가 이 길은 조그만 생각들을 계속 만들어 내는 것 같다고 얘기했다. 지금은 생각하고 바라보고 바람과 햇빛마저 느끼고 보듬고 싶지만 그때는 단순 단거리 여행이었는데, 자식에게 놀랐고, 내 자신에게 안타까움을 느꼈다. 늦게 온 우리들에게 상장과 상금을 전해 주면서, 가사문학관장님이 격려를 하셨다.

"담양에는 많은 정자가 있습니다. 그곳에서 선인들은 눈에 보이고 귀에 들리는 것보다 더 많은 것을 보고 더 큰 것을 듣고 마음을 갖추었습니다. 더 많이 노력하십시오."

그래서 그 다음부터 길을 지날 때는 멈추는 습관이 생겼다. 마음이 빗물로 요동칠 때는, 마음이 머무는 곳에서 차를 세우고 밖으로 나와서 걷는 습관이다. 그냥 지나다가, 뜻밖의 횡재 같은 아름다운 풍광과 경치와 색이 돌아오거나 떠나고 있는 나무들을 만나면, 급한 일이 없으면 직접 두 발로 걸으면서 굳건히 두 발로 서서 그 감사함을 기쁘게 받고 있다. 가사문학로에서 그 행복한 습관은 시작되었다. 그 길에서 가장 많이 차에서 내려 생

소쇄원 입구
대숲 오솔길을 지나면 소쇄원의
풍광이 하나둘 펼쳐진다.

각을 정리했다. 가족들도 함께 과감하게 차에서 내려 가사문학로의 이야기를 나누었다.

파스텔 향기들이 불어오는 담양

담양의 대표 중의 하나인 소쇄원을 지나고 연수원을 지나고 더 나아간다. 한쪽 면만 보이는 큰 기와집이 기역자 모양의 2차선 도로에 접해 있다. 십여 미터 더 가면 수령이 아주 오래된 팽나무가 있다는 표지판이 있다. 그곳을 지나는 데는 몇 초의 시간이 필요하다. 우리 가족은 아직 그곳에서 내리지 않았다. 지나가고 또 지나가면서 그 검은 기와집과 그 팽나무의 얘기들을 우리끼리 매번 만드는 것이 즐겁기 때문이다.

그동안의 담양 답사 중에 다른 곳과 차이가 나는 기와집 음식점들을 발견했다. 하나는 수북면에 있는데 보통의 기와 건물 식당이 아니라, 목재와 기와로 음식을 위해서 남향으로 한 건물이 통째로 지어진 건물이다. 정말 크고, 정말 예쁘고 더욱이 그 넓은 건물과 식당 내부를 하나로 완성시켜서 마음마저 넓게 만드는 음식점이다. 최대로 화려하고 최대로 넓고 맛있는 음식을 제공하는 곳을 다른 곳에서 찾기는 힘들 것 같다. 또 하나의 기와 건물은 가사문학로 옆에 있는데 음식점 한가운데로 천연 개울이 흐르고 실제로 물고기들이 신나게 살고 있다. 기와집 음식점에 들어가서 개울을 건너뛰어서 좌석에 앉는데 '기와집 개울 건너 즐기는 생선 음식'은 담양 이외에는 드물 것 같다.

담양은 들어서고 그리고 나갈 때마다 파스텔 향기들이 불어오는 곳이다. 담양의 대숲과 문화와 문학, 느림의 여유 등을 커다란 마음으로 살펴보면서, 그리고 가사문학로에서 한 번쯤 내려서, 그곳이 속삭이는 꿈의 말들을 들어보기 바란다.

죽녹원 가는 길

오덕렬

계·동 하나!

오늘은 죽녹원 가는 길이니 '죽녹원국수' 한 그릇 먹기로 한다. 대나무 평상에 앉으니 촉촉했던 등어리[1]의 땀이 허리막[2]을 한 듯이 싸악 가신다. 식성도 개성인가. 나는 멸치국물국수를, 아내는 열무 비빔국수를 앞에 놓았다. 후딱 한 그릇 후루룩 넘기니 배가 불룩해진다. 이렇게 시장기를 속여 놓으니 '댓잎 계란', '댓잎 동동주' 가 차림표에서 '나도 불러줘' 하는 눈짓이다.

"예말이요"

주문을 하자마자 알바 총각이,

---

1 '등' 의 방언(강원, 경남, 전남, 충청).
2 '등물' 의 방언(전남).

대나무 밭 죽순
죽죽 뻗은 대나무 아래 땅을
비집고 솟아오르는 황톳빛
죽순의 힘!

"계·동 하나!"

주방 쪽으로 웨댄다.[3] 입에 익은 소리요 몸에 익은 태도다. 무슨 말인가 했더니 댓잎 계란과 동동주 한 시옹[4]을 뜻하는 것이었다. 이 '계·동'은 사실은 본론인 국수를 마는 동안에 막간의 시장기를 달래기 위한 것이 본래의 임무(?)였을 텐데, 오늘은 거꾸로 된 셈이다. 그러나 어쩌랴. 동동주 한 잔을 놓고 풍성한 시간을 보내는 것을…….

여기가 송강정이오

'담양 국수거리'의 평상을 스치는 건 바람뿐이 아니다. 오는 길에 송강정에 들렀을 때의 영상들이 함께 지난다. 백여 개의 돌계단을 오르며 송림 사이로 아스라이 나타나는 정자의 실루엣은 그 자체만으로도 환상의 세계였다. 햇볕 쨍쨍한 가을날에 만난 특별한 체험이었다. 계단이 다하자, '여기가 송강정이오.' 하는 것 같았다.

외양을 보면서 인사부터 나눈다. 앞과 옆이 모두 아홉 걸음씩으로 3칸 팔작지붕이다. 뒤쪽만 마루가 없고, 앞과 양옆은 마루가 깔렸고, 가운데 앞마루 뒤는 방이다. 빙 둘러 돌 수 있는 토방은 한 뼘쯤 높이의 석축들이다.

나는 '松江亭(송강정)'이란 현판이 붙어 있는 앞쪽 마루에 앉았다. 도로가 육교처럼 놓여 동서로 들판을 지나고, 읍내 쪽으로 뻗어, 쌍교를 지나는 큰길엔 차들이 쉴 새 없이 지난다. 왼쪽으로 돌아서니 '竹綠亭(죽록정)'이란 현판을 또 달고 있다. 원래의 이름으로 정자의 내력을 말하는 것이다.

---

3 '외치다'의 옛말.
4 집에서 식초를 만들 때 쓰는 질그릇. 또는 호리병 모양의 뒷병(지금 담양 국수거리 국수집에서 팔고 있는 플라스틱 '대잎 生 동동주 병'과 꼭 닮았다)의 방언(전남).

송강정
뒤쪽만 마루가 없고, 앞과 양옆은
마루가 깔렸고, 가운데 앞마루 뒤는
방이다.

기둥에 기대어 전망한다. 양옆으로 산들이 겹겹이 둘러 있고, 펼쳐지는
평야에선 누렇게 벼가 익어간다. 아까 지난 적송 밭의 소나무의 기개를 다
시 본다. 밋밋한 듯 휘고, 굽고, 틀어져 풍상의 세월을 한 몸에 담고 있다.
봄바람 소리, 천둥치는 소리, 단풍잎 물드는 소리에서, 눈 오시는 소리까
지 모든 소리 다 듣고 함께 보낸 세월을 머금은 자태다. 소나무 귀족으로
태어나서 온몸으로 세상을 버티면서도 독야청청을 관솔로 담고 살아온 범
접할 수 없는 위엄을 지닌 소나무들이다.

이 송림을 배경으로 '송강 선생 시비'는 「사미인곡」을 읊조리고 있다.
비바람 맞으며 이슬로 목축이며……. 여기서 이 가사를 짓던 때의 송강은
지천명知天命의 삶이었다. 강원도 관찰사를 지내면서 「관동별곡」을 남긴 후

잠시 낙향하여 있을 때가 아니던가.

"이 몸 삼기실제 님을 조차 삼기시니 한생 연분이며 하늘 모를 일이런가."

사미인곡 첫 행이다. 이 노래는 3·4조를 기본 가락으로 길게 쓴 가사歌辭 작품이다. 한 오백 년 지난 지금 현대 문장에 이 흐름새를 살려내면 좋겠다. 가사의 문장은 시가 산문화되고 수필이 시화되고 있는 요즘의 경향과 통하는 것이다.

시비는 대숲을 옆에 두고 있다. 나도 가만 죽림 속으로 들어섰다. 송강이 크렁크렁 기침을 하는 것 같았다. 기침 소리에 정신이 번쩍 들어 내 갈 길을 재촉했다.

생금을 캐는 멍덕꿀 죽녹원

아직은 죽녹원을 향교 다리 저 건너에 아껴 둔다. 관방제림을 따라 걷다 보니 '담양 5일장'이 서 있다. '죽물전은 어딘

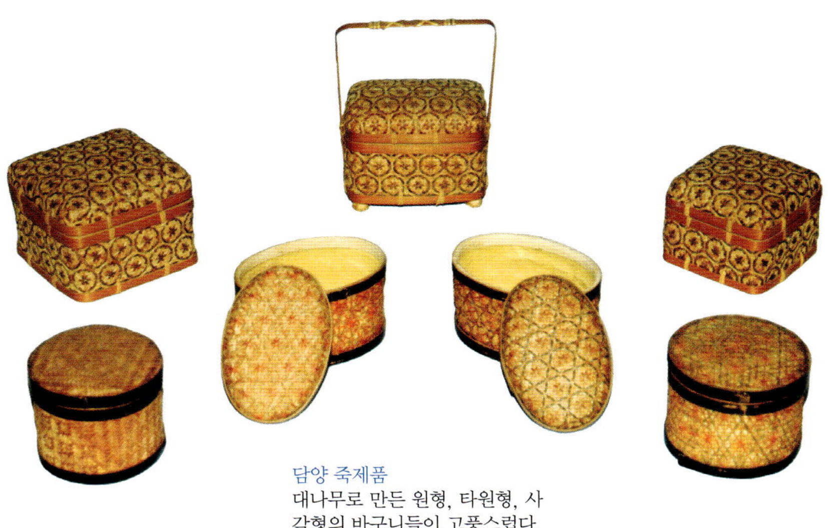

담양 죽제품
대나무로 만든 원형, 타원형, 사각형의 바구니들이 고풍스럽다.

가?' 둘러보아도 이젠 죽물전은 찾을 길이 없다. 나는 학창 시절에 고향에서 만났던 죽물 상고商賈 내외를 떠올렸다. 그분들은 엄청난 죽물 세간 더미를 머리에 이고, 지게에 지고, 또 손에 들었던 것이다. 그땐 아무리 보아도 그것은 뭉게구름이었다.

"대바구리 사씨오, 대바구리요오, 대맹 대바구리…….'

고샅고샅을 웨고 다니던 애잔한 목소리가 지금도 귓가에 들린다. 그때만 해도 '대맹'은 먼 곳으로만 여겼다. 광주에 와서 학교를 다니면서야 그 '대맹'이 '담양'이라는 걸 알게 되었다.

그때 담양의 대바구리는 천변 죽물시장에 산처럼 쌓여 전국으로 팔려 나갔단다. 그러던 것이 플라스틱에 밀려 자취를 감추고 말았다. 대나무는 원망하지 않고 죽은데끼[5] 있다가 봄이던 죽순을 키워내며 때를 기다렸을까. 고진감래苦盡甘來, 드디어 정보화 시대에 생금 밭으로 다시 등극하게 된 대밭이다. 그중에 죽녹원竹錄園은 생금을 키는 멍덕꿀[6]이 되었다. 그것을 증명이라도 하듯이 3년 뒤엔 '담양세계대나무박람회'가 열리게 되는 것 아닌가.

나만 해도 벌써 죽녹원을 찾은 것이 몇 번짼가. 지난봄 한국수필작가회에서 다녀갔을 때는 대밭에 죽순이 나는 봄이었다. 땅을 비집고 솟아오르는 황톳빛 죽순의 뻗는 힘! 나란히 솟은 뻠치의 죽순은 처녀 총각 같이 보기도 좋았다. 며칠 새에 쑥 커 버린 즉순은 벌써 관례를 치렀는지 벗은 껍질은 갓 모양이었다. 하기야 죽피관竹皮冠이 있기도 했었다. 관까지는 아니더라도 우리는 죽순 껍질을 그냥 두지 않았다. 죽피방석이나 죽피부채를 만들기도 했다. '죽마고우길'을 걷던 일행은 모두 소인묵객騷人墨客이 되어

---

5 '-듯이'의 방언(전남).
6 '으뜸'을 뜻하는 방언(전남).

죽순이 주제였던 봄 길을 걸었다.

계절 따라 때에 따라 다른 느낌으로 다가오는 죽녹원이다. 한 바퀴 돌고는 정자에 앉아 쉬기로 한다. 이곳에 내리는 달빛을 보려는 것이다. 대숲에 달 뜨는 풍경은 또 어떤 이미지일까. 빽빽한 죽림 사이로 월광이 내리는 야경을 상상하는 것만으로도 얼마나 좋으냐. 죽죽 뻗은 훤칠한 대나무들은 어느새 손을 잡고 왈츠를 추게 될 것 아닌가.

어둠이 깔린다. 내가 앉은 정자는 온통 대나무뿐이다. 기둥도, 마루도, 죽석으로 엮어 만든 천장도, 기와도 모두 대나무가 재료다. 기둥에 기대니 눈이 사르르 감긴다. 한 소금[7] 깜빡했을까, 옆에 있는 팬더곰이 나를 깨운다. 가을이라 '감기 들것다' 싶었나 보다. 댓잎만 먹고 자라는 진짜 팬더곰이 한 식구로 입양되는 날에는 호기심 많은 아이들이 떼를 지어 몰려들 것만 같다.

대밭은 그냥 두면 대밭일 뿐이다. 여기에 빛나는 한 생각이 보태져야 한다. 그렇다. 보태진 생각이 없었다면 담양의 명물 오늘의 '죽녹원' 도 없다. 대나무 DNA를 가지고 무엇인가를 융합해 내야 한다는 것을 깨달았던 것이다. 대밭에 얽힌 도깨비 얘기도 새로 만들어 내고, 4군자도 새로 치고, 오우가도 새롭게 불러야 하겠다. 제2, 제3의 '죽녹원' 의 탄생이 기다려지는 까닭이다.

담양 토산품은 질 좋고 값 싸다

대나무는 외떡잎 볏과 식물이다. 나는 '담양죽종장潭陽竹種場' 을 보고는 깜짝 놀랐다. 대도 푸르기만 한 것이 아니었다.

---

7 '숨' 의 방언(전남).

황금색의 금죽金竹, 불그죽죽한
넙평죽과 홍죽紅竹, 검은 오죽
烏竹도 있었다. 대나무의 항
렬은 3가지였다. 가장 많
은 것이 맹종죽을 필두
로 '죽竹' 자 돌림이고,
'대' 자 돌림으로는 왕대,
흙대, 시누대가 있는가 하면,
손가락 한 마디만한 크기의
'서세'에서 '우아세', '특세' 등
'세' 자 돌림이 있기도 했다.

담양 죽제품

왜? 여기서 갑자기 수필집 『바보네 가게』가 떠오르는 것일까. 생전에 '살
아 있는 수필 백과사전'으로 불리던 담양 출신 수필가 박연구의 수필집이 말
이다. 이 수필은 사람들의 심리를 잘 말해 주고 있다. 집 앞에 가게가 여럿
있었다. 한 집주인이 좀 바보스러웠다. 그래서 그 집에 가면 돈보다 더 줄 것
같은 생각에서 그 바보네 가게로만 사람이 몰린다는 이야기다. 모든 볼거리,
먹을거리가 바보네 가게였으면 좋겠는 생각이 굴뚝같아서다. 바보네 가게는
밑 가는 장사가 아니다. 담양 토산품은 '질 좋고 값 싸다'는 입소문이 나야
산다.

뭐니 뭐니 해도 담양하면 첫 번째 떠오르는 것이 대나무와 정자문학(가
사문학)이다. 이 두 뿌리를 튼튼히 가꾸며 날로 새로워지자. 빛나는 생각
의 씨 뿌리며 내일을 꿈꾸자.

몸소 체험하는 담양의 맛과 멋

01 / 다도 체험

대나무 건강나라
- **위치** 금성면 원율리 산 50-1
- **문의** 061)383-8000
- **URL** www.ebamboo.co.kr

명가혜
- **위치** 담양읍 삼다리 343
- **문의** 010-5789-6015

향원당
- **위치** 남면 구산리 193
- **문의** 061)381-8101
- **URL** www.hyangwondang.com

02 / 도자기 체험

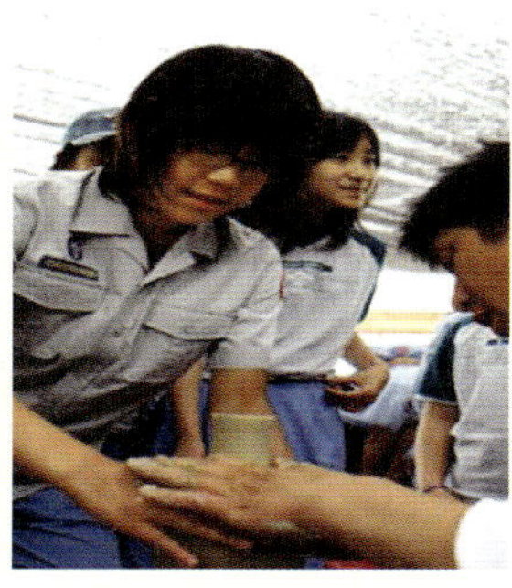

마음의 고향
- **위치** 수북면 개동리 684
- **문의** 061)382-2357

송정기도예
- **위치** 대덕면 운산리 649
- **문의** 061)383-2758

시나위도예
- **위치** 남면 인암리 209-2
- **문의** 061)383-3747

토랑도예
- **위치** 대덕면 매산리 480-3
- **문의** 061)383-5692

토인도예
- **위치** 남면 인암리 36
- **문의** 061)382-9529

03 / 한과 체험

담양한과
- **위치** 창평면 삼천리 180-1
- **문의** 061)383-8283
- **URL** www.damyang.co.kr

안복자한과
- **위치** 창평면 오강리 419
- **문의** 061)382-8891
- **URL** www.anbokja.co.kr

호정식품
- **위치** 창평면 삼천리 35-1
- **문의** 061)383-6446
- **URL** www.hojungfood.com

04 / 농촌 체험

담양꽃차마을
- **위치** 월산면 신계리 51
- **문의** 010-3903-0686

도래수 농촌체험
- **위치** 용면 용연리 151
- **문의** 010-7105-7406

황금마을 농촌체험
- **위치** 수북면 황금리 298-5
- **문의** 010-3602-7681

시목 문화체험
- **위치** 대덕면 금산리 2구 57-3
- **문의** 061)383-9463

운수대통마을
- **위치** 대덕면 운산리 86
- **문의** 061)381-0534

달빛무월마을
- **위치** 대덕면 금산리 335
- **문의** 010-6250-1607

05 / 천연염색 체험

두레박 공방
- **위치** 창평면 삼천리 141
- **문의** 061)383-6312
- ※ 도자기체험 가능

황토명가
- **위치** 용면 두장리 363
- **문의** 061)382-0019
- **URL** hwangtodaega.com

대나무 건강나라
- **위치** 금성면 원율리 산 50-1
- **문의** 061)383-8000
- **URL** www.ebamboo.co.kr

06 / 야생화 심기 체험

삽재골
- **위치** 대덕면 성곡리 170
- **문의** 061)382-3364
- **URL** cafe.daum.net/hanbom

다화림
- **위치** 대전면 행성리 628
- **문의** 061)382-8387
- **URL** www.dawhalim.com

죽화경(정원문화체험)
- **위치** 봉산면 유산리 391
- **문의** 010-8665-7884

풍경허브체험학습장
- **위치** 월산면 용흥리 363
- **문의** 061)381-9811

분경예술원
※분경 : 한국의 명산을 축소 연출한 자연 미니어처
- **위치** 금성면 원율리 462-1
- **문의** 010-4606-6543
- **다음카페** 진미분경

대숯공예 전시 체험관
- **위치** 담양읍 운교리 359-3
- **문의** 010-4609-2645

대담미술관
- **위치** 담양읍 향교리 352
- **문의** 061)381-0081~2
- **URL** www.daedam.co.kr

명지미술관
- **위치** 고서면 고읍리 182-2
- **문의** 061)383-2576
- **URL** www.myungjiwon.com

전통된장

- **기순도 된장** 061)383-6209
- **조진순 가마솥** 061)382-6901
- **우리콩영농조합법인** 061)381-0534

추월산 약다식

- **위치** 용면 두장리 684
- **문의** 061)382-2828
- **종류** 다식, 전통장아찌, 식초 등

담양곤충체험학습장

- **기간** 4~11월(10:00~18:00)
- **위치** 봉산면 기곡리 487-3
- **문의** 061)381-0725

송학랜드

- **위치** 금성면 대성리 879-4
- **문의** 061)381-7179
- **URL** www.songhac.co.kr

담양항공 비행체험

- **위치** 금성면 석현리 1-21
- **문의** 061)381-6230
- **URL** www.damyangair.co.kr

죽제품 만들기 체험

- **위치** 담양읍 천변리 401-1
- **문의** 061)383-2999
- **요금** 2,000~15,000원

죽로차 체험

- **위치** 담양읍 운교리 105-3
- **문의** 061)383-2212

국아트

- **위치** 담양읍 지침6길 78-8
- **문의** 010-2315-8055
- http://blog.daum.net/kookart

걷기로 나를 찾다

담양 힐링 캠프 **전선경** | 눈으로 보고 마음에 새긴 담양 **김태연**
담양의 바람이 분다 **구은숙** | 바로 그 길, 그 숲에 서다 **이은미**
담양의 축제

걷기로 나를 찾다

담양 힐링 캠프

전선경

고즈넉한 시골 마을 담양

고등학교 3학년인 저는 수능을 끝마치고 부모님께 가족여행을 제안했습니다. 우리의 여행지는 담양전씨인 우리의 본적을 찾아가보고 싶다는 아버지 바람에 따라 담양으로 정했습니다. 저는 관광분야로 진학하는 학생으로서 '아는 만큼 보인다.'라는 말에 누구보다도 큰 확신을 갖고 있기 때문에 이번에도 여행 전 담양군 관광 홈페이지를 이리저리 둘러보았습니다. 아주 작은 농촌마을로 알았던 담양은 많은 관광지와 유명 특산물을 가지고 있었습니다. 저는 관광지에 대한 소개와 이미지를 보며 제 나름의 관광코스를 짜 보며 오랜만의 가족나들이에 대한 부푼 기대를 안고 잠이 들었습니다.

11월 11일 일요일, 이른 아침부터 우리 가족은 나들이 준비에 허

둥지둥 바빴습니다. 아버지는 힘차게 차를 출발시키셨고, 뒷좌석에 앉은 저와 동생은 어머니께서 손수 싸신 김밥을 하나씩 먹으며 창밖 풍경에 눈을 돌렸습니다. 2시간 정도를 달려 도착한 담양은 고즈넉한 시골마을이었습니다. 담양에 들어서자마자 차 안으로 들어오는 부드러운 바람은 도시의 바람과는 달리 맑고 깨끗하였습니다.

첫 번째 healing.
몸과 마음을 정화시키다, 죽녹원

우리 가족의 첫 목적지는 죽녹원입니다. 죽녹원 이름을 단 기둥을 지나니 대나무와 짝꿍인 귀여운 팬더곰 모형들이 우리를 반겨 주었습니다. 우리 가족의 일일관광가이드를 자처한 저는 관광안내도를 펼쳐 들고, 죽녹원의 제1길인 운수대통길로 안내했습니다. 아침이라 더욱 더 싱그러운 대숲의 기운은 정말 좋은 일만을 가져다 줄 것만 같았습니다. 운수대통길을 지나 사랑이 변치 않는 길에서 우리는 또다시 귀여운 팬더곰들을 만날 수 있었습니다. 팬더곰과 함께 우리 가족은 다정하게 사진을 찍으며 서로에 대한 가족애를 확인할 수 있었습니다. 삼림욕이 건강에 매우 좋다고 알려져 있는데, 특히 죽림욕은 더욱 머리를 맑게 하고, 심신을 안정되게 한다고 합니다. 죽녹원에서 실제로 대숲 속을 거닐며 맑은 공기를 마시게 되니 그동안 쌓였던 스트레스나 근심, 걱정이 한순간에 잊혔습니다. 그리고 제 자신이 자연의 일부가 되어 저 역시도 대나무와 같이 곧고 푸른 모습을 닮게 되는 것 같았습니다. 대숲 길 끝에는 담양의 대표 정자들을 재현해 놓은 정자 재현마당이 조성되어 있었습니다. 송강정에는 '종을 세 번 울리고 안으로 들어오시오' 라는 글귀가 붙어 있었고, 저는 호기심 반, 긴장 반으로 아버지 손을 이끌어 함께 그 안으로 들어갔습니다. 송강정 훈장님께서 아버지와 저를 반겨 주셨습니다. 엄한 모습이셨지만,

그 속에는 따뜻한 내용들로 좋은 얘기를 많이 해 주셨습니다. 그리고 훈장님께서는 직접 부채에 '淸風'이라는 글과 함께 행복을 기원하는 글귀를 써 우리 부녀에게 선물로 주셨습니다. 아버지는 훈장님의 선물에 마치 아이처럼 기뻐하셨고, 저 역시 기쁜 마음으로 죽녹원을 나왔습니다.

두 번째 healing.
대나무의 모든 것, 한국대나무 박물관

죽녹원에서 대나무의 싱그러움을 직접 느낀 후, 대나무에 대해 좀 더 깊이 있게 알아보고 싶어 조금 일정을 바꿔 죽녹원 근처에 위치한 한국대나무 박물관을 방문했습니다. 대나무 박물관은 담양군처럼 소담하여, 현대식 건물이었지만 자연과 잘 어울려 보였습니다. 박물관을 둘러보며 대나무의 역사와 서식지, 특성 그리고 오늘날 대나무의 활용 등에 대해 알 수 있었습니다. 또한 대나무 산업관, 대나무 미래관 등에서 앞으로 대나무가 어떻게 그 효능을 발휘하며, 하나의 산업으로서 발전할 수 있을지 알게 되었습니다. 저는 대나무를 직접 체험해 본 기억이 없

한국대나무박물관 미래관
앞으로 대나무가 어떻게 그 효능을 발휘할 것인지 상세히 알 수 있다.

었는데, 이번 담양 여행을 통해서 대나무 숲길을 걷고, 또 대나무를 공부하며 그 매력에 푹 빠지게 되었습니다. 박물관을 나오는 길에 조그마한 대나무 공예품을 하나 샀고, 집에 돌아와 제 책상 위에 고이 놓아두었습니다.

세 번째 healing.

나의 뿌리를 찾다, 담양전씨 시조비

저는 담양전씨로 제 본적이 바로 담양입니다. 이번 여행지로 담양을 찾은 것도 바로 이 이유였습니다. 그동안은 수능을 핑계로 살아계시는 할머니, 할아버지도 잘 찾아뵙지 못했지만, 이렇게 제 시조를 찾아 이곳을 찾으니 감회가 새로웠습니다. 그렇게 담양에 가보자고 힘차게 주장하셨던 아버지도 역시나 가슴이 벅차 보이셨습니다. 저뿐만 아니라 많은 현대인들이 바쁜 일상 속에서 자신의 삶에 쫓겨 뒤를 돌아볼 시간이 없지만, 이렇게 하루쯤은 잠시 숨을 돌리고 자신의 뿌리, 자신의 역사를 찾아 여행을 오는 것도 매우 의미 있는 일이라고 생각했습니다. 나 하나가 아닌, 우리 가족, 우리 가문 그리고 나아가 우리 민족, 우리 국가를 생각하는 것은 우리 사회가 보다 서로를 이해하고, 보다 힘을 함쳐 '살기 좋은 사회'로 나아가는 데 큰 도움이 될 것입니다.

전라도 한정식
떡갈비와 죽통밥은 맛은 물론, 장식, 향, 식감 어느 하나 놓치지 않으며 숟가락, 젓가락을 바쁘게 해준다.

네 번째 healing.

오감만족 점심 식사

전라도 정식은 푸짐하기로 유명합니다. 저는 이번 담양 여행이 전라도 첫 방문이라 전라도 정식 역시 처음 맛보게 되었는데 어떤 구경만큼이나 크게 기대되었습니다. 우리 가족의 점심메뉴는 떡갈비 정식이었습니다. 떡갈비와 함께 죽통밥 그리고 여러 가지 반찬들이 계속해서 들어왔습니다. 정말 상다리가 부러질 것 같다는 말이 바로 이 전라도 정식을 두고 하는 말인 듯 느껴졌습니다. 아버지께서도 "반찬이 너무 많아 젓가락을 어디에 두어야 할지 모르겠네!" 하고 감탄하셨습니다. 떡갈비와 죽통밥은 맛은 물론, 장식, 향, 식감 어느 하나 놓치지 않으며 제 숟가락, 젓가락을 바쁘게 했습니다. 뿐만 아니라 신선한 대나무와 고기는 그 자체로 건강을 먹는 것만 같은 느낌이 들었습니다.

다섯 번째 healing.

영화 속 주인공이 되다,
메타세쿼이아 길

점심을 뜨고 제가 선택한 다음 코스는 바로 메타세쿼이아 길입니다. 이 길은 여러 영화에도 자주 등장하여 담양을 잘 몰랐던 저 역시도 익히 들어본 관광지였습니다. 그 명성에 걸맞게 많은 사진작가 분들이 어깨에, 목에 사진기를 걸고 가로수 길을 찾아와 손이 바쁘게 셔터를 누르고 계셨습니다. 저도 가족들과 함께 사진을 찍으며 담양의 자연을 만끽했습니다. 걷고만 있어도 마치 영화 속의 주인공이 된 듯한 느낌이었습니다. 시원한 바람과 은은하게 느껴지는 풀내음은 너무나도 상쾌했습니다. 오랜만에 가족들과 나들이를 나와 손을 맞잡은 우리 가족처럼 많은 관광객들 역시 가족끼리, 연인끼리 또는 친구들끼리 손을 잡고 걷는 모습이 너무나도 행복해 보였습니다. 자연이 우리에게 얼마나 큰 행복을 주고 있는가를 새삼 느꼈습니다.

여섯 번째 healing.

자연이 곧 시가 되다, 면앙정과 송강정

가사문학의 두 거장 송순과 정철이 벼슬에서 나와 머물렀던 면앙정과 송강정을 찾았습니다. 조금 산을 오르니 공기가 매우 맑고, 아래로 마을의 모습이 아름답게 펼쳐져 있었습니다. 직접 송순과 정철이 기거했던 정자에 올라 보니 아름다운 가사문학이 만들어질 수 있었던 가장 좋은 토대가 바로 이 정자들의 아름다운 경치가 아니었나 생각이 들었습니다. 맑고 푸른 그곳에서라면 송순과 정철과 같은 인물이 아니더라도 절로 임금에 대한 충심과 자신의 심신에 대한 정화가 이루어질 것 같았습니다. 대입 공부를 하며 교과서 속에서나 봐 왔던 송순과 정철을 직접 찾아 그들의 숨결이 녹아 있는 두 정자에 앉으니 생각에 잠기게 되었습니다. 제가 짠 여행의 마지막 코스였기에 더욱 발길이 떨어지지 않았나 봅니다. 다시 한 번 정자 아래 평화로운 시골 풍경을 둘러보며 눈 속에 담고 산을 내려왔습니다.

사실 처음에는 '담양이라는 작은 마을에 구경할 것이 있을까?' 하는 생각이 들었습니다. 그러나 제가 직접 보고, 듣고, 느껴 본 담양은 소박하고, 정취가 있는 아름다운 마을이었습니다. 그동안 일상 속 무한 경쟁에서 지치고 힘들었던 몸과 마음이 담양에서 한시름 푹 놓을 수 있었습니다. 그리고 오랜만에 다른 걱정은 뒤로하고, 자연에 귀 기울이고, 눈 돌렸던 그 순간, 너무나도 평온했고 아늑했습니다. 또, 담양의 자연이 제게 준 선물은 그것만이 아닙니다. 자연에 취해 가족들과 손도 잡고, 서로 꼭 껴안으며 사진기에 포즈를 취할 때, 대입 준비에 예민해져 부모님과 서먹했던 사이에서 다시 따뜻한 사랑을 느끼게 해 주었습니다. 유난히 부드럽고, 선선하게 바람이 불었던 송강정에서 저는 어머니, 아버지께 제 마음을 전했습니다. '엄마, 너무 고맙고, 미안해. 사랑해.'

몸과 마음을 달래 주고, 새로운 시작을 위한 활력을 불어 넣어 준 담양은 우리 가족에게 있어 최고의 휴양지였습니다.

면앙정
가사문학이 탄생할 수 있었던
토대는 자연과 어우러진 정자
문화였다.

눈으로 보고
마음에 새긴 담양

김태연

메타세쿼이아 길
메타세쿼이아 길은 많은 사람의 정
성과 노력이 담겨 있어서 사람들에
게 더 많은 감동을 주는 것 같다.

엄마와 단둘만의 여행

　　나의 고향은 담양과 가까운 순창이다. 지리상 자동차로 30분 거리인데 왜 이제껏 단 한 번도 담양을 가 보지 않았을까? 바쁘다는 핑계로 그동안 여유를 잊고 살았던 것은 아니었을까?

　　지금까지 쉬지 않고 참 바쁘게 살아왔던 것 같다. 공부하느라 바빴던 10대를 지나 중환자실 간호사로 20대를 보내고 어느덧 한 아이의 엄마, 한 남자의 아내가 되어 있었다. 내가 의식하진 않았지만 시간은 흐르고 있었고 인생의 1/3을 살아온 이제야, '내가 누구지?', '의미 있는 삶이란 무엇일까?'에 관해 고민하기 시작했다.

　　나는 누굴까? 나는 한 아이의 엄마 이전에 한 여자의 딸이었다. 타향에서 살다 보니 항상 친정과 고향에 대한 그리움이 있었던지 제일 먼저 생각났던 것은 단연 엄마였다. 그동안의 삶을 정리하고 에너지를 충전할 겸 엄마와 단둘만의 여행을 계획하였다. 사람은 뭔가를 계획하면 생각이 많아지고 과거를 회상하게 되나보다.

　　여행을 준비하는 동안 32년 동안 걸어온 길들을 찬찬히 돌아보게 되었다. 그리고 가슴에 있는 또 다른 나에게 속삭였다. '인생의 길에는 기쁘고 행복했던 나날들도 있었지만 가슴 한편에 지워지지 않았던 외로움과 슬픈 감정들을 이번 여행을 통해 홀가분하게 털어버리고 나 자신을 돌아보고 살펴보고 오길 바래'라고.

과정과 결과가 공존하는 길

　　9월 15일. 아침 일찍 친정에서 밥을 먹고 담양으로 출발하였다.

담양의 푸르름이 나를 제일 먼저 반겨주었다

메타세쿼이아 길! 아~ 이 얼마나 아름다운가! 감탄사가 절로 나왔다. 아직 단풍이 들기 전이라 푸른 옷을 입은 나무밖에 볼 수는 없었지만 계절마다 다르게 형형색색의 옷을 입고 각기 다른 자태를 뽐내리라. TV에서만 보다가 막상 눈으로 보니 멋있기도 했지만 다른 한편으로는 나무 한 그루 한 그루를 심었던 사람들이 떠올랐다. 나무를 심었던 사람들은 어떤 마음을 갖고 이 나무를 심었을까? 그들은 각자가 심었던 나무가 이렇게 훌륭한 장관을 연출할 거라 알고 있었을까? 현재의 우리는 이렇게 훌륭한 길이 탄생하기까지의 과정을 잊고 결과물만 보고 감탄하는 것은 아닌지……. 메타세쿼이아 길은 많은 사람의 정성과 노력이 담겨 있어서 사람들에게 더 많은 감동을 주는 것 같다.

현대문명의 발달로 신체의 안락함과 결과지향적인 이기적인 문명 속에서 살다보니 아무래도 과정은 무시되고 결과만 보게 되는 것 같다. 하지만 지금 이 길에는 과정과 결과가 공존하고 있다. 현재는 30년 전의 결과이고 또한 미래의 30년이 되기 위한 과정일 것이리라. 메타세쿼이아 길에 차를 세워 두고 천천히 걸으며 나무를 심었던 사람들의 마음을 느끼며 수십 년 동안 온갖 풍파를 견디고 살아왔던 나무들의 마음을 헤아려 보며 푸르름을 만끽해 보는 것도 좋을 것 같아 난 엄마와 말없이 한참을 걸었다.

'1970년대 3~4년짜리 묘목이 40년이 지나니 어느덧 울창한 숲이 되어 버렸구나. 우리 아들 정언이도 지금 5살. 살아가는 동안 정언이도 세상의 풍파를 겪고 견디다 보면 40년이 지난 뒤엔 이 길처럼 아름답고 훌륭한 중년이 되어 있겠구나.' 라는 생각을 해 보았다.

메타세쿼이아 길을 보면서 조화의 중요성을 깨닫게 되었다. 잘난 나무가 일찍 베인다는 말이 있다. 나무들을 보다 보면 곧은 나무도 있고 저마다 자기가 잘났다고 뽐내는 나무도 있으나 이 길에 있는 나무는 그 어느 나무도 자기가 잘났다고 뽐내기는커녕 서로 비슷한 외형을 유지하며 완전

한 조화를 이루고 있었다. 유독 자존심이 강하고 남한테 지기 싫어하던 나, 남보다 잘나야 된다는 생각을 갖고 살았던 나는 나무들을 보며 창피한 마음이 들어 엄마에게 위로 받고 싶어 말을 걸었다.

그런데 엄마가 옆에 계시지 않았다. 뒤를 돌아보니 엄마는 자동차 옆에 계셨고 생각에 심취하여 엄마의 부자도 모르고 50미터 가량을 혼자 걸어온 것이 아닌가!

되돌아 뛰어가느라 다리는 아팠지만 마음만은 가벼워 웃음이 절로 나왔다.

누구나 처음엔 모자란 부분이 많다

다음으로 간 곳은 태지움이었다. 1층을 지나 2층으로 올라가는 길에는 조심하라는 그림이 그려져 있었다. 엄마와 나는 아주 조심조심 올라갔다.

생전 처음 보는 트릭아트가 있었다. 트릭아트란 2차원 작품을 3차원으로 표현하는 초리얼리즘이라는 설명을 읽고 작품 감상에 들어갔다. 처음 보는 리얼리즘 사진에 엄마는 눈이 휘둥그레지셨다. 모르는 여인네의 등도 밀어주고 모나리자의 머리도 정성스럽게 말려 주는 기쁜 체험(?)을 한 나는 집채만한 문어를 보고 발걸음을 멈추었다.

실제 살아 꿈틀대는 듯한 문어를 보고 엄마는 한마디 하셨다. "저것이 실제 살아 있다면 엄청 비싸겠다"라고. 역시 생각하시는 것은 대한민국의 평범한 아줌마셨다. 트릭아트를 관람하면서 느낀 생각은 사람의 위대함이었다. 하루 평균 42명이 자살하는 대한민국. 사람이 할 수 있는 일은 소쇄원이 빚어내는 자연의 위대함에 미치지는 못하지만 생명체 중에 가장 위대한 일을 할 수 있는 생명을 가진 사람들이 왜 잘못된 생각을 하는 것인가? 삶의 무게에 짓눌려 모든 것을 포기하고 싶어 내가 왜 사는지, 내가 누구인지를 찾으려 시작한 이 여행은 나에게 다시금 삶의 의미를 되새기게 했다.

　누구나 처음엔 모자란 부분이 많다. 하지만 그 모자람을 채우기 위해 끊임없는 노력과 열정이 자타가 공인하는 사람으로 만들어 놓는다. 이 그림을 그리는 사람도 처음엔 많이 부족했으나 한없는 열정과 노력으로 훌륭한 그림을 탄생시킨 것이리라. 나 역시 지금은 부족한 것이 많아 열등감도 자주 느끼지만 트릭아트를 감상하면서, 결국 인간 내부에는 자신이 느끼는 것보다 더 커다란 힘이 존재하며 그 존재감을 찾기 위해서는 끊임없는 자기 성찰과 노력을 해야 한다는 것을 알게 되었다. 또한 똑같은 장소에서 똑같은 그림을 보고 엄마와 내 생각이 다른 것처럼 결국 사람은 자기의 방식대로 자기만의 대상을 발견하고 생각을 갖는다는 것도 알게 되었다. 많은 깨달음을 안고 다음으로 향한 곳은 소쇄원이었다.

조선 최고의 정원

　물이 흘러내리는 계곡을 사이에 두고 각 건물을 지어 자연과 인공이 조화를 이루어 내어 조선 최고의 정원이라는 찬사

소쇄원 48영 현판
소쇄원은 조선시대 선비들의 교류의 장이자 우리나라 대표적인 원림으로 1981년 국가 명승 제40호로 지정되었다.

를 받는 소쇄원. 하지만 그런 찬사에도 불구하고 대나무밭을 지나 처음 만난 소쇄원의 정자에서 왠지 모를 적적함과 한이 느껴지는 것은 무엇일까? 좋은 소식을 전해 준다는 봉황새를 기다리는 대봉대. 스승을 잃고 세상과 연을 끊은 양산보는 어떤 소식을 기다리고 있었던 것일까? 가슴 한편에는 먼저 떠난 스승에 대한 애달픈 한과 그리움을 품고 또 다른 이면엔 현 사회에 대한 적개심을 품고 있었던 것은 아니었을까?

소쇄원에서 볕이 가장 잘 들어 아무리 추운 겨울에도 이곳 기와의 눈만은 녹아 버린다는 애양단을 보며 사무치듯 밀려오는 양산보의 한을 소쇄원의 자연인 바람과 나무와 햇빛이 치유했으리라 생각했다.

소쇄원을 보면서 자연의 위대함을 느끼게 되었다. 흐르는 계곡물에서 마치 차고 올곧은 기상을 한시도 포기하지 않았던 조선 선비의 절개를 보는듯한 착각이 들 정도였으니 말이다. 나는 자연의 위대함 속에서 여행의 의미를 되새길 수 있었다. 여행이란 내안의 제한된 영역을 스스로 허무는 나를 찾는 길이라는 것을.

아무리 좋은 것을 보더라도 자신이 느끼고 동화되지 못한다면 여행의 참 맛을 느끼지 못할 것이다. 난 눈으로 본 이 아름다움을 오래도록 간직하고자 가슴속 깊이 소쇄원을 담아 두었다. 눈으로 보는 것과 가슴으로 담아 두는 것의 차이는 뭘까? 눈으로 보는 것은 시간이 지나면 잊혀지지만 가슴속에 담아 둔 담양의 하늘과 공기, 그리고 모든 것은 아무리 많은 시간이 지나도 잊을 수 없을 것이다. 담양에서 얻은 감동과 깨달음은 나에게 많은 교훈을 던져 주었다.

넓은 품으로 날 안아 주었던 담양의 공기처럼 나도 누군가에게 많은 여운을 주고 따뜻한 사람으로 기억되고 싶다. 이제부터 난 내가 걸었던 길을 돌아보며 서두르지 않고 천천히 앞을 향해 걸어갈 것이다.

담양의 바람이 분다

구은숙

아름답고 신비로운 자연의 길

'담양의 메타세쿼이아 길' 이 바로 우리를 힐링 시켜 줄 장소이다. 성인이 되면서 교복을 입었던 시절과는 다르게 학업, 자격증, 스펙으로 인해 지친 나의 심신을 달래 줄 가을여행이 필요했다. 그래서 남자친구에게 가을소풍을 가자고 권하였고 남자친구도 동의했다. 우리는 우리의 마음과 몸을 치료해 줄 장소를 찾고 있었다.

설레는 마음으로 친구들에게 물어봐 장소들을 하나둘씩 메모하여 남자친구랑 카페에서 메모한 것을 검색해 보았다. 서울의 쇼핑의 거리, 부산의 해운대… 등 너무 많은 곳이 있었다. 이곳 또한 더없이 좋은 곳이지만 우리의 지친 심신을 달래 줄 여백의 미가 없었다. 그러다가 '담양' 이라는 곳을 검색해 보게 되었다. 검색을 하면서 담양에서 'KBS 1박 2일' 이 촬영했던 것을 알았다. 그래서 우리는 좀 더 담양이라는 곳을 검색해 보았고 그중

'메타세쿼이아 길'을 알게 되었다. 메타세쿼이아 길 사진을 보면서 우리는 입을 다물 수 없었다. 너무 아름답고 신비로운 자연의 길이었기 때문이다. 판타지 소설에서 나올 법한 장소였다. 우리는 바로 이곳이 우리의 지친 마음을 달래 줄 수 있는 곳이라는 것을 단번에 알아차렸다. 우리는 바로 담양의 메타세쿼이아 길을 가을 여행 장소로 정하였다.

푸른 녹음이 펼쳐져 있는 공간

우선, 담양은 빼어난 경관을 자랑하는 '담양 10경'이 있었다. 담양읍에서 보면 스님이 누워 있는 형상에다가 또한 각종 약초가 많이 있어서 유명한 추월산, 여러 개의 깊은 계곡과 폭포, 기암괴석이 수려한 경관을 이루고 있는 가마골용소, 대나무 숲 외에도 메타세쿼이아 길 등이 있었다. 담양 10경에 속한다고 하니 '과연 메타세쿼이아 길은 어떨까?', '담양이라는 곳은 어떤 곳일까?' 담양을 가는 동안 우리는 설레는 마음으로 여러 생각이 들었다.

담양이라는 곳에 발을 내딛기 전에 핸드폰으로 담양이라는 곳을 검색해 보았다. 처음으로 담양을 가는 것이라 우리는 섬세하게 담양이라는 곳을 조사하지 않을 수 없었다. 담양문화관광 홈페이지는 생각보다 잘 정리되어 있어서 수월하게 담양이라는 곳을 알 수 있었다. 마치 내 고향인 듯이.

더구나 담양이라는 곳은 선사시대 및 삼국시대인 백제 때부터 많은 문화유산을 고이 간직하고 있었다. 전통이 그대로 숨 쉬고 있는 담양에 내려 우리는 메타세쿼이아 길에 들어섰다. 역시 우리 예상대로 입을 다물 수가 없었다. 우리는 신비로운 무언가에 빠져 있는 듯이 어느 누구도 말하지 않고 푸른 녹음이 펼쳐져 있는 공간을 쳐다보기만 했다. 빨리 남자친구랑 같이 저 푸른 녹음이 펼쳐져 있는 공간에 들어가 향에 취하고만 싶어 서둘러 입장료를 내고 메타세쿼이아 길에 섰다.

<h2 style="color:#8b2020">말로는 표현 못할 신비로운 이 향</h2>

메타세쿼이아 길 앞에는 나무판으로 '담양 메타세쿼이아 길' 이라고 써 있는데 너두나 아담하여 이 가로수 길과 어울리는 안내 표지판이었다. 우리는 가로수 길을 걷기 전에 전자제품을 사용하지 않고 오직 눈으로 이 환상적인 공간을 즐기고 느끼고 보기로 하였다. 그래서 손을 잡고 걸었다. 걸으면서 정말 숨 쉬는 자체가 이렇게 좋은 것인지 몰랐다. 매연으로 가득 찬 공간에서 그냥 살아가기 위해 숨을 쉬고 있었던 내가 이 담양에서 자연의 신비로운 향을 위해 숨을 쉬는 것 같아 나도 모르게 몸과 마음이 상쾌해지고 깨끗해지는 느낌이었다.

가로수 길에서 바람이 분다. 산들거리는 바람이 분다. 이 산들거리는 바람이 메타세쿼이아 길의 신비로운 향을 가지고 와 나의 몸과 마음을 씻

가마골용소
영산강의 시원지로 여름이면 피서객들이 붐빈다.

어내고 있다. 남자친구도 옆에서 눈을 감고 바람이 가지고 오는 향을 맡고 있다. 아마 나랑 똑같이 지친 몸과 마음을 치료 받고 있는 중일 것이다. 우리는 서로 아무 말 없이 눈을 감고 바람이 가지고 오는 향을 간직하기 위해 한참을 서 있었다. 이 바람을 맡아본 사람만 알 것이다. 말로는 표현 못할 신비로운 이 향을.

바람이 가지고 오는 메타세쿼이아라는 나무는 정말 하늘을 찌르듯이 꼿꼿이 높게 서 있었다. 이런 풍경이 본 적이 없었던 난 이국적인 느낌을 받지 않을 수가 없었다. 정말 이런 곳이 실제적으로 담양이라는 곳에 존재하고 있었다니……. '왜 진작 알지 못했을까' 라는 아쉬운 생각이 들었다.

메타세쿼이아 나무는 웅장하게 푸른 잎들을 흔들고 있었다. 입구에 보면 원근감으로 자신들의 신비로운 공간으로 오라는 듯이 향긋한 바람으로 자신들의 작고 푸른 손들을 흔들었다. 가만히 서서 나무들을 보고 있으면 선비들이 서 있는 듯한 기분이 든다. 기와집과 초가집이 조화를 이루고 있는 자연이라는 공간에서 선비들이 여유를 즐기는 모습. 나무들이 옹기종기 모여 있으니 그 웅장함은 말로 표현할 수 없었다.

메타세쿼이아 길에서 부는 바람

이 바람의 결을 따라 걸으면서 곳곳에 있는 자연 조형물을 보게 되었다. 곳곳에 자연 조형물을 보니 눈의 즐거움 또한 있었다. 나무로 만든 장승, 나무로 만든 귀여운 고래 두 마리와 벽화도 있었다. 나무로 만들어서 더 정감이 있고 이 가로수 길과 어울렸다. 눈의 즐거움, 몸의 즐거움을 물씬 느낄 수 있었다. 걷다 보니 아담하게 '굴다리 갤러리' 라는 안내판을 보았다. "우와~" 우리는 탄식을 하지 않을 수 없었다. '어떻게 저런 생각을 하였을까?', '어떻게 저런 공간을 유용하게 쓸 수 있을까?' 작은 굴다리 안에 미술 작품이 있었다. 나는 남자친구의 손을 잡고서 서둘러 굴다리 안으로 들어갔다. 굴다리 천장에는 하늘처럼 흰색 구름과 높다란 하늘을 연상하듯 벽화가 그려져 있었고, 미술작품들이 흰 구름 아래 나란히 걸려 있었다. 작품은 말로 표현할 수 없었다. 미술 작품을 볼 때마다 마음의 힐링이 되는 것 같았다.

왜 메타세쿼이아 길이 2002년에 '가장 아름다운 거리 숲'으로 선정되었는지 단번에 알 수 있었다. 이 가로수 길의 바람과 아담한 조형물, 하늘 아래 질서정연하게 있는 작품들이 즈화를 이루며 공간을 지키고 있으니 선정되는 것이 마땅하였다.

이렇게 우리는 메타세쿼이아 길을 걸으면서 돈 주고 살 수 없는 것들을 가지게 되었다. 자연이 주는 상쾌한 공기를 마시면서 지친 마음과 몸을 치유할 수 있었다. 남자친구랑 손을 잡고서 가로수 길을 걷는 동안 우리는 어느 불평, 불만 없이 이 자연을 느낀 것이다. 아마 사람들도 이 가로수 길을 이런 연유로 자주 찾는 것일지 모른다는 생각이 문득 든다. 아니면 메타세쿼이아 길에서 부는 바람이 우리를 이끌어 가는 것일지도 모른다. 다음에도 담양 가로수 길을 찾고 싶다.

바로 그 길,
그 숲에 서다

이은미

여행의 백미는 걷는 것

여자 혼자 하는 여행. 그 고즈넉함을 이제껏 잊고 살았다.

삶의 중간 자락쯤에서 홀연히 주어진 시간. 그 시간을 온전히 내 것으로 만들기 위해 담양을 찾았다. 담양이라는 이름에서 느껴지는 친근함과 안온함을 내내 동경했기 때문이다.

혼자 하는 여행의 백미는 걷는 것이다.

메타세쿼이아 길은 정말 많은 매체를 통해서 접했고 언젠가 그곳을 지나쳤던 경험도 있었다. 담양하면 떠오르는 단상도 바로 햇살 속에 찬연히 빛나는 메타세쿼이아 나무들의 정연한 도열이다. 걷다보면 스쳐갔던 인연을 다시 만날 수 있을 것 같은 설렘으로 가득한 길.

메타세쿼이아 길을 찾아 가는 중에 관방제림이라는 푯말을 보았다. 관방제림? 딱딱하고 건조한 이름이라는 느낌이 들었다. 혹시 인공적으로 조성한 숲 같은 것이 아닐까. 하지만 "관방제림이 어디지요?" 묻는 내 말에 누군가 "바로 그 길이에요." 했다. 아, 눈을 들어 앞을 바라봤을 때 둔중하고 굵직한 나무들이 그곳에 있었다. 천천히 걷기 시작했다. 오후 2시. 나무들이 햇빛과 어우러져 빛을 뿜어내고 있었다. 하지만 나무가 빛나는 것은 비단 햇빛 때문만은 아니었다.

세월이었다. 나무가 그리 빛났던 것은.

한 걸음 한 걸음 내딛을 때마다 가슴이 뛰었다. 푯말을 달고 있는 나무들. 푯말 속에 새겨진 나무의 수령과 그 이름들. 하나

하나 들여다보면 그 세월 속에 내가 거슬러 머무르는 듯했다. 느티나무, 푸조나무, 팽나무, 벚나무, 개어서나무. 320여 그루의 나무들의 수령이 300년을 웃돌았다. 정말 놀랍다는 말로는 표현하기 힘들었다.

오래전 옛날, 홍수를 막기 위해 제방을 만들고 나무를 심었던 조상의 지혜가 현세에서도 빛을 발하다니. 경이로운 일이 아닐 수 없었다. 나무의 모습에서도 저절로 찬탄이 새어나왔다. 세월을 켜켜이 싸안고 있는 모습. 구부러지고 휘돌아 흐르면서도 어느새 울창하게 사람을 품어내는 그 모습. 그 깊은 모습에 숙연해졌다.

생각해보면 괜히 혼자 하는 여행이 아니었다.

남편의 거듭된 사업실패. 생활의 압박과 암울한 미래. 그런 것들이 나를 조금씩 갉아먹기 시작했다. 안정된 생활이 무너진 다음에 오는 것은 우울한 시간들이다. 즐거웠던 시간들이 사라지고 메마르고 버석거리는 시간들이 내 앞에 일렬로 서 있었다. 언제든지 나를 복종시키려고 벼르는 듯했다. 살아온 시간들을 다시 되돌리기는 역부족이었다. 힘든 시간들이 계속됐다. 떠나고 싶었다. 내 자신에게 숨 돌릴 수 있는 시간이 필요했다. 남편과 아이들에게 말하고 난생 처음으로 혼자 여행을 떠난 것이다.

관방제림, 바로 그 길

푸조나무 껍질을 가만히 만져본다. 생선비늘처럼 까끌까끌했다. 주름진 노인의 얼굴 같았다. 하지만 비와 바람과 천둥과 번개와 벼락을 온몸으로 막아내고 세월의 무게를 겸허히 지켜 온 흔적이기도 했다. 내피는 부드러웠다. 아기 피부처럼 맑고 고왔다. 이끼가 내피를 부드럽게 감싸 주고 있다. 그렇게 시간은 나무껍질 속에서도 흐르고 흘렀다. 나무에는 아기도 있고 노인도 있었다. 모든 게 자연스럽고 겸손했다.

나는 지금 어디쯤일까.

아직 이 시간들을 이겨낼 자신은 없다. 버석한 나무껍질을 벗겨 내듯 내 스스로를 조금씩 벗겨 내고 있을 뿐이다. 상처는 상처대로 아물지도 더 하지도 않는다. 하지만 기대는 해 본다. 조금만 지나면 부드러운 이끼가 상처를 덮어줄 것이라고. 그러면 아기 속살 같은 내피가 내 안에서도 조금 씩 다시 돋아날 것이라고.

"관방제림이 어디에요?", "바로 그 길이에요."

맞다. 나는 지금 관방제림의 한복판에 와 있다. 이 길은 막다른 뒤안길 이 아니라 '바로 그 길'이다. 나는 몰랐지만 누군가 알고 있는 길. 굽고 터 졌던 시간을 치유해 주는 길. 그 길 위에 때로는 구부러지고 펴지고 엉키

관방제림의 봄
이 길에 서면 누구라도 굽고
터졌던 상처를 치유받게 된다.

면서 솟구치고 바닥으로 깔리면서도 묵묵히 버텨 온 나무 320여 그루가
있다. 어쩌면 생각보다 내 상처는 더 깊지도 더 얕지도 않을 수 있다.

나무들이 들려주는 생명의 소리
저만치서 아이들이 자전거를 타고 있다. 젊은
연인이 까르르 거리며 손을 맞잡고 나무숲을 이리저리 거닌다. 나무 아래
벤치에 노인들이 한가하게 앉아 있다. 그들 모두는 뭔가를 골똘히 생각하
는 기색은 없었다. 나무숲에서 그냥 휴식을 취하고 있는 것이다. 무상무념
의 휴식. 그 휴식과 지금 이 시간, 이 길 위에서 나는 만나고 있는 것이다.

관방제림
천연기념물 제366호. 오랜 수
령의 나무들이 들려주는 생명의
소리에 귀기울여 본다.

나도 그들처럼 빛이 가득한 길 가운데 잠시 눈을 감고 그냥 서 봤다.

나무의 숨소리가 들려 왔다. 오랜 수령의 나무들이 들려주는 생명의 소리. 살아 있는 것은 어쨌든 아름답지 아니한가. 그렇게 말하고 있었다. 내 마음속에 혹여 단 1%의 어두운 생각이라도 있었다면 단박에 잘라 버렸을 아름다운 생명의 소리였다.

정말 많은 사람들이 힘들게 자기의 살아온 시간들을 잘라 내고 있다. 아이부터 어른까지. 깊은 상처가 자기를 후벼 파면 아무리 강한 사람이라도 상처를 견뎌 내기가 쉽지 않다. 하지만 누군가 손을 붙잡아 주었더라면 누군가 자기의 말을 들어주었더라면 누군가 내 머리를 부드럽게 쓰다듬어 주기만이라도 했었다면. 사람은 그렇게 그 누군가를 찾고 있는 것이다.

귀가 열리니 눈도 열리는 것 같았다. 파노라마처럼 기억의 잔상들이 흘러갔다. 아이들을 키우면서 느꼈던 기쁨이 떠오른다. 매끈한 나무처럼 쑥쑥 자라는 아이들, 돌아보면 매 순간마다 기쁨이었다. 남편 또한 성실하고 자상했다. 열심히 밤낮으로 뛰고 또 뛰는 모습이 눈에 선연히 떠오른다. 주위의 지인들과 나누었던 때로는 슬프고 때로는 기발했던 삶의 에피소드들. 한없이 나를 귀히 여기시는 부모님. 모두의 시간이 어우러져 빛으로 다가왔다.

다시 눈을 들어 길게 펼쳐진 나무 숲길을 바라보았다. 끝이 보이지 않았다. 내가 가야 할 길이었다. 이제껏 걸어왔지만 앞으로도 걸어갈 길. 다시 한 걸음씩 발을 내딛기 시작했다. 생각보다 2킬로미터의 거리가 녹록지 않았다. 천천히 걷는다. 귀가 열리고 눈이 열리더니 이제는 마음이 열리기 시작했다. 마음이 열리니 비로소 내가 보였다. 아직 걸음마를 하고 있는 것 같은 앳된 모습이었다. 그 모습을 지켜보는 오랜 수령의 나무들이 웃고 있었다. 그리고 그 밑에 사람들이 어우러져 있었다. 아름다운 풍경이었다. 나도 천천히 그 풍경에 녹아들기 시작했다.

담양의 축제

용면 벚꽃축제(4월)

담양의 대표적 관광지인 추월산 벚꽃의 자연경관을 배경으로 4월에 한봉(벌꿀)등 농·특산물 홍보 및 마케팅과 연계, 관광객과 함께하는 축제로 봄의 향기를 듬뿍 느낄 수 있다(격년제).

- **장소** 용면 추월산
- **문의** 061)380-3877~8

대나무 축제(5월)

호남 사림문화의 메카인 누정이 산재한 담양에서는 해마다 5월이면 늘 푸른 대나무를 주제로 전국의 관광객이 함께하는 대나무축제가 체험투어 등 다채로운 행사와 함께 펼쳐진다.

- **장소** 죽녹원, 관방제림 일원
- **문의** 061)380-3151~4

고서포도 축제(8월)

포도밭에서 포도를 따고 포도주도 담그는 각종 체험행사에서부터 볼거리 풍부한 각종 공연 관람 및 착색과 당도가 뛰어나 전국적으로 그 맛이 유명한 고서포도 시식과 구입에 이르기까지 다양한 즐거움이 가득하다(격년제).

- **장소** 고서중학교 증암천변
- **문의** 061)380-3752~6

메타세쿼이아가로수 축제(10월)

친환경 웰빙 관광지로 죽녹원과 함께 가장 가 보고 싶은 곳이며, 전국에서 가장 아름다운 거리숲 "메타세쿼이아 길"에서 자연환경과 지역문화예술가가 만나는 녹색문화 체험 축제이다.

- **장소** 메타세쿼디아 길
- **문의** 061)380-3154

대숲맑은 한우 축제(10월)

웰빙관광1번지 청정 지역에서 친환경으로 사육되는 대숲맑은 한우를 소비자가 믿고 찾을 수 있도록 명품 한우로 부각 시키기 위하여 체험·시식 등의 다양한 볼거리를 제공하여 한우사육 농가와 소비자가 만나는 한마당 축제이다.

- **장소** 죽녹원 앞 문화광장
- **문의** 061)380-2731~2

창평 슬로푸드 축제(11월)

맛과 품질, 브랜드로 승부하는 음식을 맛볼 수 있는 축제로 도자기 만들기와 쌀엿 만들기 체험, 한과 많이 먹기대회, 엿치기대회, 창평국밥 빨리먹기대회 등 먹거리 풍성한 창평만의 특별한 맛과 재미가 있는 축제이다.(격년제)

- **장소** 창평면 남극루 일원
- **문의** 061)380-3792~6

금강산도 식후경

담양 여행 후 배가 아팠던 이유 **임예진**
맛과 사람을 통히 담양을 담다 **김희정** | 외할머니집 소반 **양소윤**
담양을 즐기는 또 하나의 방법
어떻게 갈까? 교통정보

담양 여행 후
배가 아팠던 이유

임예진

진실하고 온정 있는 마음

이번 여름방학 때 내일로 여행을 통하여 담양에서 1박 2일 동안 머무르게 되었다. 보통 내일로 여행은 대학생만이 할 수 있는 특권이고 스스로 계획해서 할 수 있는 여행이기 때문에, 저렴하게 여행을 하기 위해 밥을 굶거나 빵으로 때우는 내일러들이 많다. 그러나 나와 같이 내일로를 떠난 친구들의 생각은 달랐다. 전공도 전공인 만큼 그 지역의 음식이 지역의 문화나 역사를 담고 있다고 생각하여, 비록 비용이 많이 들더라도 그 지역의 대표 음식이나 특산물은 꼭 맛을 봐야 한다는 생각을 하고 여행을 시작하였다. 우리의 담양에서의 일정은 관방제림에서 메타세쿼이아 길을 둘러보고 난 뒤 죽녹원, 창평시장에 간 뒤, 슬로시티에서 숙박을 하고 그 다음 날 소쇄원을 둘러보았다. 담양을 여행하기 전에는 떡갈비랑 죽순요리만 유명한 걸로 알고 있었는데, 직접 여행을 하며 맛을 보니 생각한 것과는 달리 대단히

관방천 국수
열무비빔국수가 매콤하여 잔치
국수와 함께 먹으니 서로 조화
를 이루어 좋았다.

많은 음식이 유명하며, 여러 종류의 음식거리를 형성하고 있었다.

수많은 음식거리와 맛집 중에서 맨 처음으로 담양에서 맛본 음식은 국
수의 거리에 있는 관방천 국수집의 열무비빔국수와 잔치국수이다. 대나무
가 유명한 담양을 나타내듯 국수의 거리에 있는 각각의 국수집들은 대나
무를 형상화한 캐릭터로 간판을 내걸고 있었다. 평일임에도 많은 사람이
북적여 오래 기다릴까봐 걱정하였는데 걱정과 달리 빨리 국수가 나왔고,
그 맛은 환상적이었다. 일반적으로 우리가 먹는 국수와 쫄면의 중간 정도

대통밥
대나무 향 그윽한 대통밥을 먹고
나니, 주인이 빈 대나무 통을 기념
으로 선물해 주었다.

의 면발로, 약간 굵은 두께를 가지고 있어 먹는 느낌이 대단히 좋았다. 열무비빔국수가 매콤하여 잔치국수와 함께 먹으니 서로 조화를 이루어 좋았다. 국수만으로는 허기질 것 같아 달걀도 함께 주문하였는데, 매콤한 비빔국수와 잔치국수의 시원한 국물과 함께 먹으니 맛이 더욱 뛰어났다. 그렇게 만족스럽게 배를 채운 뒤, 관방제림과 메타세쿼이아 길을 둘러보고 죽녹원으로 향했다.

대나무 숲 사이에서 솔솔 부는 댓잎 바람이 코끝을 자극하고 여러 가지 갈래 길들을 거닐어보며 사색하는 시간을 즐길 수 있어서 좋았다. 대나무 숲 사이의 그늘은 시원하였으나 한여름철이라 그런지 볕이 따가워 더위도 식히고 목도 축일 겸 기념품 휴게소에 들려 대나무 아이스크림을 맛보았다. 난생처음 먹어보는 대나무 아이스크림이었는데 맛이 고소하고 담백하여 남녀노소 누구나 좋아할 것 같았다. 그렇게 더위를 식힌 후, 죽녹원을 좀 더 둘러보고 창평시장으로 가려고 했으나 아침점심 겸 국수를 먹어서인지 벌써 배가 고파져서 죽순푸드빌리지에 있는 '대숲에 물 흐르는 밥집'에 들러 대통밥을 먹었다. 친구들은 아직 배가 부르다고 하여 혼자서 대통밥 1인분을 시켰는데도, 주인아주머니께서는 싫은 내색하지 않으시고 양껏 푸짐하게 차려 주시며 친구들도 함께 먹으라며 반찬을 더 내주셨다. 20년 넘게 대구에 살며 느껴보지 못한 따뜻한 마음과 대통밥 정식의 맛에 감동하며 먹었던 순간이 아직 나에게는 담양 여행 중 최고의 기억으로 꼽히는 것 같다. 대통밥을 다 먹고 난 뒤 비어 있는 대나무는 자신이 가지고 갈수 있어, 나는 그 대나무 통을 담양에서의 기념품으로 연필꽂이로 사용하고 있다. 한 번 사용했던 대나무를 다시 사용하지 않고 손님들이 사용할수 있도록 배려해 주시는 마음이 따뜻하게 느껴졌다. 대통밥에 대나무 향기가 배어 나와 맛도 훌륭했지만, 도시에서는 느낄 수 없는 진실하고 온정있는 마음에 더욱 감동하여, 만약 다음에 또 담양을 오게 되면 꼭 주인아주머니께 감사의 표현을 전해야겠다는 생각이 들었다.

남도의 맛

그렇게 다시 배를 채운 뒤, 짐을 풀기 위해 먼저 슬로시티의 민박집을 들렀다. 담양군 창평에서 슬로시티로 지정된 삼지내 마을은 백제시대에 마을이 형성되어 마을 앞을 흐르는 천의 모습이 봉황이 날개를 뻗어 감싸 안고 있는 모습이라 하여 삼지내라 불린다고 동네 주민분께서 친절히 설명해 주셨다. 내가 보기에 삼지내 마을은 아직도 수세기 전의 평화로운 모습을 간직하고 있는 것 같았다. 평화로운 모습에서도 특히 우리가 머물렀던 집의 마당에 있던 수많은 장독은 여러 문화 중 왠지 남도의 맛을 전하는 듯싶었다. 그렇게 여유로움을 만끽하고 있을 때, 다도체험을 시작한다는 주인아주머니의 말씀에 부리나케 체험실로 뛰어들어가 다도체험을 하였다. 다도체험을 하며 이용되는 차기들의 명칭을 다 배우고 사용하는 방법을 배우며 차 문화를 배워갔다. 그 자리에서는 고개를 끄덕끄덕하며 잘 배웠는데 지금 뒤돌아서서 생각하니 몇몇 기억은 잊어버린 것 같다. 생각나는 것이 있다면, 차기를 사용하는 데에는 손 하나하나에도 조심스러움과 단정하고 맛있는 차를 대접해야겠다는 마음가짐이 있어야 한다고 말씀하신 것이다. 들뜬 마음으로 장난스럽게 체험을

죽로차 수확
대밭에서 자란 죽로차는 차
가운데 으뜸으로 꼽는다.

시작했지만, 차 문화를 배우면 배워갈수록 마음이 경건해지고 여유로워지는 느낌이 들었다. 내가 마신 차는 연한 녹색을 띤 대나무차였는데, 한 번도 마셔보지 못한 차라 조금은 생소했지만 계속 마시다 보니 대나무 향이 우러나와 구수했고 내가 우려낸 차를 직접 마셔서 그런지 왠지 차 맛이 더욱 좋은 듯했다.

다도체험을 마치고 삼지내 마을을 조금 더 구경한 뒤, 창평시장의 국밥거리로 이동해 국밥을 먹었다. 이곳 국밥거리는 주막집 분위기의 괜찮은 시골 국밥집이 즐비해 있었다. 정겨운 냄새와 어디든지 국밥집이어서 먹을 곳을 정하기가 편했다. 돼지국밥이나 순대국밥을 못 먹는 사람들을 위해 콩나물국밥 등이 마련되어 있어서 메뉴에서도 타인을 먼저 생각하는

창평국밥
창평 국밥거리어 있으며 돼지국밥,
순대국밥 등 다양한 종류를 맛볼
수 있다.

마음이 함께 들어있는 것 같다. 대구에도 김광석의 문화거리나 근대로 등이 있긴 하지만, 담양처럼 국수거리나 국밥거리 등 먹거리 골목이 많이 없는 것 같아 담양 여행을 하며 내가 대구에 산다는 것이 매우 아쉬웠다. 이런 아쉬운 마음을 뒤로한 채 민박집으로 돌아와 친구들과 일정을 마무리하고 담소를 나누고 있었는데 주인아주머니께서 방울토마토를 주시며, 담양은 대나무뿐만 아니라 딸기와 방울토마토도 재배된다고 설명해 주시고, 다음 일정에 대해 물으시며 오랫동안 좋은 얘기를 많이 해 주셨다. 뿐만 아니라 다음 날 제공된 조식에 나온 효소를 이용한 반찬과 약초들, 죽순회 등은 처음 맛보는 것이었고 향에서부터 산뜻함과 건강함이 느껴졌다. 인스턴트 식품과는 달리 오래된 손맛과 정성이 느껴졌고, 건강해지는 느낌이 매우 산뜻했다.

현대인을 치유시켜 주는 힐링음식

이렇게 슬로시티에서도 역시 이제껏 느껴보지 못한 풍요로움과 여유로움을 느낄 수 있었으며, 주인집 아주머니께서 마치 오래전부터 알고 계신 동네 아주머니처럼 친근하게 우리를 딸처럼 대해 주셔서 여행이 아닌 집에서 쉬는 듯 편한 느낌을 받았었다. 조식을 먹고 난 뒤, 소쇄원과 가사문학관을 보기 위해 삼지내 마을과 아쉬운 이별을 하였다. 가사문학관과 아름다운 정원의 배경이 두드러진 소쇄원을 보고 난 뒤 나오는 길에 있는 생선전문점에서 식사했다. 담양의 전통과 역사를 담은 것 같이, 실내바닥을 돌길로 만들어진 수로에 금붕어들이 살고 있었으며, 음식의 고장 전라도답게 반찬 가지 수가 많고 맛이 굉장히 뛰어났다. 반찬에서는 담양의 아름다운 자연과 대숲이 생각날 정도로 자연적이고 건강함이 느껴졌고 오래된 손맛이 느껴졌다.

식사를 하고 난 뒤 다시 광주로 이동하여 내일로 여행을 계속했다. 담양에서의 1박 2일 동안 국수거리에서 국수, 대나무 아이스크림, 대통정식, 차 문화, 창평 국밥거리의 돼지국밥, 여러 과일, 한정식 등 굉장히 다양하고 많은 음식을 푸짐하게 먹어 이어진 여행지에서 화장실을 자주 들락거리며 배 아픔을 호소하기도 했다. 비록 욕심을 내 많이 먹어 배가 아프긴 했지만, 다양한 음식을 먹으며 담양의 역사와 전통을 느낄 수 있었으며, 무엇보다 자연과 어우러져 있다는 느낌을 다분히 받았다. 또 시골에 계시는 할머니께 느껴지는 여유로움과 넉넉함을 음식 속에 담고 있는 것 같아, 담양에서 맛본 음식들은 빠르게 변화하는 현대사회에 사는 현대인을 치유시켜주는 힐링음식이었던 것 같다. 도, 국수거리와 창평국밥거리 등 여러 음식을 한 거리에서 맛볼 수 있게 함으로써 사람들의 편의와 관광성까지 도모하는 것이 훌륭하다고 느꼈다. 담양을 여행하며 느낀 경치와 역사, 음식들은 앞으로의 어떤 여행에서도 다시 느껴보지 못할 것 같고 담양의 음식 관련 관광정책과 제도를 본받을 수 있도록 노력해야겠다.

맛과 사람을 통해
담양을 담다

김희정

떡갈비, 돼지숯불갈비
숯불 향기로 도톰하게 구워져 후각과
미각까지 즐겁게 만들었다.

따뜻하고 정감이 있는 곳

담양은 대나무의 고장으로 알려져 있지만 다른 도시와 차별된 맛으로 이름난 곳이기도 하다. 그래서 신혼여행지로 전라남도 담양을 선택했던 우리는 이 지역의 음식을 꼭 맛보기로 했다. 그중 우리가 맛볼 음식은 떡갈비와 대통밥이었다.

먼저 우리는 담양에 도착하자마자 금강산도 식후경이라는 진리를 행동에 옮겼다. 특히 아침을 먹지 않고 담양에 도착한 관계로 멋진 곳을 둘러보고 점심을 먹는다는 것은 힘든 상황이었다. 그래서 우리는 제일 먼저 담양하면 따라 나오는 떡갈비를 상상하며 미리 점찍어 두었던 떡갈비 집으로 향했다.

우리가 찾은 떡갈비 집은 이미 유명세를 탄 곳이었지만 전통향기가 나는 한옥 구조의 집으로 이루어져 따뜻하고 정감 있는 곳이었다. 떡갈비 정식 2인분을 주문한 이후 음식을 기다리고 있는데, 음식점에는 담양의 관광안내지도가 비치된 것을 발견했다. 그래서 우리는 음식을 기다리는 동안 지루하지 않게 담양을 조금 더 여유롭게 살펴볼 수 있었다.

잠시 후, 주문한 떡갈비 상이 들어오는데 우리 두 사람은 놀라지 않을 수 없었다. 왜냐하면 종업원 두 사람이 상다리가 부러질 만큼 차려진 밥상을 들고 우리 두 사람 앞으로 대령했기 때문이다. 그 순간 우리는 마치 왕과 왕비가 된 것 같았다. 이렇게 음식점에서조차 융숭한 대접을 해주니 낯선 도시라 긴장하게 만들었던 담양이란 도시가 마치 우리의 고향처럼 가깝게 느껴졌다. 그리고 허기진 배를 달래기 위해 우리는 쉼 없는 젓가락질을 했다. 다소 떡갈비 양이 적어 보이긴 했지만 수많은 밑반찬을 통해 전라남도의 음식과 인정을 경험할 수 있었다.

조선시대부터 임금님 수라상에 오르며 이름을 알렸던 담양의 떡갈비는 숯불 향기로 도톰하게 구워져 후각과 미각까지 즐겁게 만들었다. 육질은 부드러우면서도 씹히는 맛이 쫄깃쫄깃하고 고소하면서 달콤했다. 굳이 손으로 뜯지 않더라도 쉽게 먹을 수 있다 보니 남녀노소 모두가 좋아할 만한 음식이라는 것을, 그래서 사람들이 담양 떡갈비를 찾는 것이었음을 몸소 체험할 수 있었다.

아마 담양 떡갈비의 맛을 본 임금님도 그때 우리와 같은 기분이지 않았을까라는 생각을 하며 우리는 떡갈비 맛에 연신 감탄했다. 그리고 이런 떡갈비의 맛만큼이나 좋았던 것은 이 음식점에서 일하시는 분들의 친절이었다. 많이 알려진 곳이라 손님들에게 의무적일 것이라 생각했는데, 우리의 질문에 대해 일일이 친절하게 대해줘 담양에 오기를 정말 잘했다는 생각이 들었다.

담양의 첫인상 맛은 떡갈비처럼 고소하고, 부드럽게, 달콤했다. 첫인상의 맛이 맛있어서인지 담양의 주요 명소를 둘러보는 일정도 즐거운 시간이었다. 우리는 담양에 오기 전 여유로운 시간을 보내기 위해 펜션을 잡아 숙박을 하기로 했었다. 그래서 죽녹원과 메타세쿼이아 길을 둘러본 후 펜션으로 향했다.

기대를 저버리지 않는 맛

저녁 식사는 펜션에서 제공되는 참나무 바비큐로 정했다. 담양의 숲 속에서 먹는 저녁 밥상은 소박했지만 그 맛이 모두 훌륭했다. 참나무 바비큐가 주메뉴였지만 이 메뉴의 밑반찬으로 나온 주인 아주머니의 김치 맛도 일품이었다. 그리고 우리는 대나무가 유명한 곳에 온 것인 만큼 대나무 술도 함께 시켰다. 소주의 경우 각 지역마다 이름이 다르고 맛이 다르듯 담양의 술맛도 느끼고 싶었다. 대나무 술이라서 그런

찹쌀에 밤, 대추, 은행 등 오곡을
넣어 만든 건강식이다.

대잎술
순하고 맑은 맛이 특징이다.

지 당시엔 되게 순하고 맑다는 생각이 들었다. 그리고 그날 저녁 우리는 인심 좋으신 주인아주머니 덕분에 야채전 한 장까지 덤으로 먹을 수 있었다.

이렇게 맛있는 것을 먹고, 멋진 풍경을 보고 나니 정말 그 순간이 멈췄으면 좋겠다는 생각이 들만큼 행복했다. 특히 신혼여행 기간이었으니 그 시간의 즐거움은 이루 말할 수 없다. 모든 것이 우리를 축하해 주고 우리를 위해 존재하는 것 같았다. 그런 마음으로 펜션에서 잠을 자고 다음 날 아침에는 담양에 오면 꼭 먹어봐야 할 대통밥을 먹으러 떠났다.

아직 점심시간이 되지 않았지만 이름난 대통밥 전문 식당에선 우리를 반갑게 맞아 주었다. 이곳에서도 우리는 아침으로 먹기에는 다소 부담스러울 만큼의 맛있는 밥상을 받았다. 대나무 향기를 머금은 대통밥과 대나무 죽순을 먹게 됐는데, 역시 일반적으로 먹어보았던 맛과는 조금 달랐다.

밥 자체만으로도 훌륭한 요기가 될 수 있다는 것을 새삼 깨닫게 만들었다. 찹쌀에 밤, 대추, 은행 등 오곡을 넣어 그야말로 건강식이었다. 여기에 대나무의 어린 순인 죽순은 부드럽고 연해 입안에서 살살 녹았다. 대나무도 음식이 될 수 있다는 것이 다시 한번 놀라웠고, 또 이렇게 대나무 마디, 마디에 밥을 할 수 있다는 것이 신기하고 재미있었다.

전남 담양은 볼거리도 많지만 이렇게 지역의 음식만으로도 담양의 문화를 엿볼 수 있다. 어디를 가나 그 맛은 기대를 저버리지 않는 것 같다. 그것은 손맛은 기본이고 여기에 음식을 만드는 사람들의 친절과 인정을 담은 따뜻한 마음이 있기 때문인 것 같다. 그래서 다음에는 조금 더 담양스러운 담양의 맛을 더 많이 맛보고 싶다.

죽순요리
식이섬유, 비타민C 등이
풍부하고 새콤달콤하다.

외할머니집 소반

양소윤

외할머니의 작은 손

해마다 여름이면 우리 사촌들은 외가댁에서 방학을 보내곤 했다. 외할머니는 갖가지 간식거리들을 외손자들의 입에 챙겨 주느라 손에 물 마를 틈이 없으셨다. 외할머니의 손은 참 작은데 그 작은 손을 재빨리 놀려 많은 요리들을 만들어 내시곤 했다. 감자, 고구마를 삶아 상에 올리시고는 찹쌀가루를 빚어 기름에 튀겨내어 먹는 찹쌀 부꾸미를 구워 우리 입에 물려 주셨다. 얼른 찬물을 받아 국수 면을 탱글탱글하게 삶아내시고는 진하게 우린 멸치국물을 부어 상 위에 올려 주시고, 또 무엇을 우리에게 먹여 주실까 고민하시느라 부엌을 떠나지 못하셨다. 사촌 동생들과 먹으며 이야기하며 여름을 보내던 기억이 지금도 생생하다.

지난 주말 찾은 담양에서, 나는 마치 외가댁을 찾아왔나 하는 생각에 잠기게 되었다. 경상도 사람인지라 전라도 쪽으로는 자가용이 아니고서는

방문하기가 힘들어 이번이 겨우 두 번째 방문인 담양. 그야말로 담양의 먹을거리는 외할머니가 차려 주신 음식들이었다. 맛있는 음식이 나를 유혹해 먹고 나면 또 할머니가 만들어 주시는 먹을거리가 끝이 없었던 외할머니집에 있는 정겨운 소반과 같았다.

정갈한 대나무 숲

88고속도로를 타고 담양으로 진입해서 처음으로 간 곳은 소쇄원이었다. 소쇄원을 따라가는 길목으로 곳곳에 보이는 포도. 길을 따라 줄지어 있는 포도 판매점들에는 싱싱해 보이는 포도가 나를 유혹했다. 평소에 신 과일을 그다지 좋아하지 않은지라, 포도는 평소에 별로 좋아하는 과일이 아니다. 그러나 길을 따라 나무에 열린 포도들이 마치 영화 속 한 장면처럼 보여 맛있어 보이는데다, 판매점마다 한두 대의 차량이 서서 포도를 흥정하고 있는 것을 보고 나니 어느새 이곳 과일도 하나 사 보자며 차를 세우고 거봉 한 박스를 사고 말았다. 알이 굵고 싱싱해 보이는 포도 알을 하나 까서 입에 물으니 음료수가 필요 없었다. 작은 포도는 신맛이 강해 썩 좋아하지 않는데, 거봉을 먹으니 달달하고 즙이 많아 사길 잘했다는 생각이 절로 들었다.

포도를 먹으며 생각보다 큰 호수였던 광주호를 따라 도착한 곳은 소쇄원이었다. 저번 담양 방문에서 와보지 못했던 곳이라 이번에는 꼭 소쇄원을 가보리라 마음먹고 들른 곳이었다. 조선 중기 양산보라는 선비가 내려와 지었다는 작은 별장. 들어서자마자 펼쳐진 대나무 숲은 마음을 정갈하게 가라앉게 해 주었다. 길을 따라 올라가자 들리는 시원한 물소리. 그와 함께 너무 낮지도, 높지도 않은 돌담길. 정자들은 그간 가지고 있던 많은 생각들이 정리되게 도와주었다.

한우축제장에서 만난 최고의 식감

소쇄원을 돌아 나와, 매점 앞에서 독특한 판매대를 보았다. 계란 무인 판매대. 커다란 은색 찜통 안에 잘린 죽통이 있었고 하나에 계란 3개씩이 들어 있다고 적혀 있었다. 그 옆으로는 거스름돈을 위한 통이 마련되어 있었는데 현금이 들어 있었다. 신기하다고 생각하며 돈을 지불했다. 스스로 돈을 지불하는 느낌도 신선했다. 그저 계란 하나도 의미가 부여되니 크게 다가왔다. 약계란인 듯 탱글탱글하고 노른자도 부드러웠다. 따스함이 느껴지는 계란 맛이었다.

다음 행선지는 죽녹원이었다. 차를 돌려 죽녹원으로 향하는 길에는 각처마다 플래카드가 걸려 있었다. 내용을 보니 한우축제에 대한 것으로 죽녹원 앞에 한우축제가 열린다는 것이다. 계획 없이 나선 여행이기에 즐거운 마음으로 한우축제장에 들르게 되었다. 죽녹원 앞의 체육관에서는 특설행사장들이 줄을 서 있었고 무대에서는 초대가수가 흥겨운 노래를 부르고 있었다. 죽녹원을 구경하기 전 특설행사장을 둘러보기로 했다.

나는 음식을 먹을 때 중요한 것의 하나는 식감이라고 생각한다. 아삭아삭거리는 사과나 포들거리는 계란찜은 그 맛 자체보다도 음식에서 느껴지는 식감이 그 음식을 더욱 풍성하게 만들어 준다. 길거리에서 흔히 먹을 수 있는 붕어빵이나 땅콩빵 등 즉석빵은 구워낸 그 순간의 음식들의 식감 중에서도 최고의 식감을 가지고 있다. 참으로 저렴한 입맛이라 하지 마라. 누군들 추운 겨울에 붕어빵 한입에 행복해진 기억이 있지 않은가?

담양의 즉석빵인 죽순빵도 훌륭한 식감을 가지고 있다. 한우축제장 한쪽에 설치된 죽순빵 판매장에서 금방 구워 낸 죽순빵은 바삭바삭했다. 틀에 반죽을 넣고 기계로 구워 내는 즉석빵 주제에 어찌나 바삭한지, 그저 여행에 취한 개인의 식감일지는 몰라도 만족스러웠다. 또 죽순빵의 묘미는 중간 중간에 씹히는 죽순에 있다. 눈앞에서 빵을 굽는 판매자가 한 움큼씩 듬뿍 집어넣어 구워 내는 죽순빵 안에는 서걱거리는 죽순이 그 자태를 숨기지 못하고 가득 느껴졌다.

행복하고 따스한 이야기

죽순빵을 먹으며 죽녹원을 거닐으니 몸도 마음도 대나무에 씻겨 내려가는 듯했다. 죽녹원을 나와 국수거리로 향했다. 죽녹원 앞에 옹기종기 모여 있는 국수집에는 가게마다 큰 찜솥을 걸고 약계란을 삶아 내고 있고 진한 멸치육수 냄새로 사람들을 부르고 있었다.

아직 선선한 날씨였기에 평상에 앉아 국수를 주문했다. 우리 외할머니는 멸치육수를 내실 때, 멸치를 아끼지 않고 듬뿍 사용하여 진하게 우려내시는데 담양의 국수도 그러했다. 진한 육수에다 약간은 굵은 듯 적당한 중면을 사용한 국수는 아주 시원했다. 가을바람을 맞으며 강변에 앉아 먹는 국수라니, 너무 운치 있지 않은가. 외가댁의 여름방학이 다시 한 번 떠올랐다. 정갈한 밑반찬들도 마음에 쏙 들었다. 노란 단무지를 양념에 조물조물 무쳐 낸 무침과 푹 삭은 김치. 그리고 김 무침이 있었는데 국수와 환상의 궁합을 자랑했다.

부른 배를 껴안고 메타세쿼이아 길로 향했다. 관방제림을 따라 차분히 걷다 보니 사촌들의 얼굴이 떠올랐다. 오랜만에 보고 싶은 사람들의 얼굴이 떠오르는 길이었다. 관방제림의 끝에 메타세쿼이아 숲이 있었다. 메타세쿼이아 길 옆의 도로에는 미니트럭들이 직접 레몬을 갈아 레모네이드를 판매하고 있었다. 레모네이드를 한 잔 주문하니 새콤한 레몬을 반으로 잘라 틀에 대고서는 힘차게 즙을 내어 탄산수와 섞어 주었다.

하이틴 소설이나 영화를 보면 주인공이 용돈을 마련하기 위해 프리마켓을 연다든지 쿠키나 레모네이드를 판매하는 장면이 자주 등장하곤 한다. 내가 영화의 주인공은 아니지만 레모네이드를 판매하는 앳된 얼굴의 미니트럭 여주인을 보니 즐거운 마음이 들었다. 레모네이드 한 잔에 어떠한 이야기가 하나 숨어 있을 것 같은 맛이었다.

레모네이드 트럭 건너편에는 찹쌀도너츠을 판매하는 트럭이 줄을 서고

있었다. 도너츠라면 성난 화도 풀리는 우리 엄마 덕에 도너츠 한 통을 샀다. 이 집의 도너츠는 댓잎가루가 있다고 하는데 그래서인지 많이 느끼하지 않았다. 외할머니는 우리 엄마가 우울해 하면 도너츠를 곧잘 사주셨다. 엄마가 사주는 도너츠를 먹는 딸은 곧 기분이 풀리곤 했다. 찹쌀 도너츠에 가득 들어가 있는 팥을 깨어 무니 나의 기분도 많이 행복해졌다.

여행에는 맛으로 색감으로는 전해지지 않는 또 다른 이야기가 함께 있다고 생각한다. 주말 여행, 나는 담양에서 외할머니가 나에게 상 앞에서 조곤조곤 이야기해 주시던 기억들. 사촌들과 놀던 기억들이 많이 떠올랐다. 어렸을 적 행복한 기억들. 그 기억들이 떠오른 것이 담양의 음식들 덕인지, 담양의 날씨와 풍경들 덕인지는 잘 구별되지 않는다.

담양에서는 많은 이야기들을 만날 수 있다. 내가 아는 담양은 외할머니 집의 소반처럼, 나의 사촌들처럼 많은 이야기를 만날 수 있게 해 주는 곳이다. 소소하지만 행복하고 따스한 이야기를 만나고 만드는 담양. 그 이야기들을 만나고 올 수 있어 행복한 주달여행이었다.

담양을 즐기는 또 하나의 방법

🚌 관광버스투어

- **운행주기** 매주 토·일요일
- **출발장소** 광주역 광장
- **접수인원** 매회 40명(예약자 우선접수 – 선착순)
- **운행코스 및 소요시간** 4개 코스, 10:00~17:30
- **이용요금** 1일 이용요금 1인 17,000원(중식 및 관람료, 체험료 포함)
- **입금계좌안내** 농협 301-0042-6873-71(박민경 담양버스투어)
  ※이용요금은 예약일 3일 전까지 계좌입금
- **접수방법(예약제운영)** www.damyang.go.kr/tourism
  담양군청 관광레저과 061-380-3154 무료전화 080-380-3114
  ※우천 등 악천후로 인해 버스투어 운영이 곤란할 경우에는 일정이 변경되거나 취소될 수 있습니다.

- **코스안내** ※일정 및 코스는 다소 변경될 수 있음.

1코스 초록빛 세상 투어(1, 3, 5주 토요일)
죽녹원 → 메타세쿼이아 길 → 슬로시티 창평 → 한과쌀엿체험 → 소쇄원 → 한국가사문학관

2코스 담양의 명품 투어(2, 4주 토요일)
한국대나무박물관 → 죽녹원 → 염색체험 → 가마골생태공원 → 다도체험 → 메타세쿼이아 길

3코스 가사문학과 정자문화 투어(1, 3, 5주 일요일)
면앙정 → 죽녹원 → 추월산약다식체험 또는 미술체험 → 소쇄원 → 한국가사문학관 → 식영정

4코스 여유를 찾아… 슬로시티 투어(2, 4주 일요일)
슬로시티 창평 → 전통된장체험 → 메타세쿼이아 길 → 분경체험 → 죽녹원

🚖 관광택시투어

- **운행주기** 연중무휴
- **출발장소** 담양터미널 옆 택시 대기소
- **운행코스** 종합코스, 가사문화, 대나무 생태체험, 담양호권 생태코스 등
  ※관광여건에 따라 코스 및 요금조정이 가능함
- **운임** 1시간 당 20,000원(2012. 2. 1부터 적용)
- **접수안내** www.damyang.go.kr **택시문화관광 해설사회** 061)382-1379

- **코스안내**

가사문화코스 **6시간 소요**

소쇄원 → 한국가사문학관 → 식영정 → 명옥헌원림 → 슬로시티 창평 →
송강정 → 면앙정 → 담양온천, 대나무건강랜드(죽엽탕)

대나무 O₂ 체험코스 **5시간 소요**

한국대나무박물관 → 죽녹원·죽향문화체험마을 → 관방제림 → 메타세쿼이아 길
→ 대나무골테마공원 → 담양온천·대나무건강랜드(죽엽탕)

담양호권 1코스 **5시간 소요**

금성산성 → 송학랜드 → 담양호 → 메타세쿼이아 길 → 죽녹원·죽향문화체험마을
→ 관방제림

담양호권 2코스 **5시간 소요**

가마골생태공원 → 담양호 → 송학랜드 → 메타세쿼이아 길 → 죽녹원·죽향문화체험마을
→ 관방제림

교통정보

🛬 **항공편** 항공편의 정확한 운행시간은 항공사별로 조회를 해 보시기 바랍니다.

운항구간	운항시간	운항횟수	소요시간
김포 → 광주	07:00～20:20	7회/1일	50～55분
광주 → 김포	07:30～20:30	7회/1일	50～55분

🚄 **열차편** 열차의 정확한 운행시간은 철도청 홈페이지에서 조회를 해 보시기 바랍니다.

운행구간	운행시간	운행횟수	비고
용산 → 광주	06:20～20:30	9회/1일	KTX
광주 ↔ 용산	05:15～21:00	9회/1일	KTX
용산 ↔ 광주	05:55～22:05	수시	일반열차
광주 ↔ 용산	04:00～23:00	수시	일반열차

🚌 **고속·직행버스편**

버스종류	운행구간	출발시간	운행횟수
고속버스	서울 → 담양	08:10, 11:10, 14:10, 17:10	4회/1일
	담양 → 서울	09:00, 11:00, 15:00, 17:00	
	인천 ↔ 담양	15:10(안산경유)	2회/1일
	담양 ↔ 인천	08:50(안산경유)	
직행버스	광주 ↔ 담양	06:25～21:50	15분간격
일반버스(311번, 322번)	광주 ↔ 담양	05:50～22:45	15분간격

※담양→정안(상)휴게소에서 환승노선 이용가능(노선안내 1588-6900)
※서울↔담양노선은 센트럴시티터미널(호남선)이용

🚌 시내·군내버스편

버스종류	노선번호	노선명
광주시내버스	일곡 180	롯데백화점↔서방시장↔홈플러스↔송강정
	충효 187	광주병원↔서방시장↔산수오거리↔충장사↔한국가사문학관↔소쇄원
	두암 181	서방시장↔홈플러스↔고서면↔창평슬로시티
농어촌버스 (군내버스)	225	광천동고속버스터미널 앞↔서방시장↔홈플러스↔고서면↔한국가사문학관↔소쇄원
	303	담양버스터미널↔죽녹원↔용면↔추월산↔가마골
	311	광천동고속버스터미널(안)↔광주역 뒷편↔서방시장↔홈플러스↔담양버스터미널↔죽녹원
	322	롯데백화점↔광주역 앞↔서방시장↔홈플러스↔송강정(쌍교)↔담양버스터미널

※담양버스터미널 061)381-3233, 담양교통(군내버스) 061)382-6823, 동광고속(시외버스) 061)381-4846, (유)성림택시 061)380-5050, 담양택시(유) 061)381-3211, 담양개인택시 061)382-1379

| 교통정보안내 |

담양군 관광레저과 061)380-3152~4
광주역 1544-7788, 1588-7788
전국관광안내 1330
대한항공 1588-2001

담양군 버스터미널 061)381-3233
광주종합버스터미널 062)360-8114
광주공항 062)940-0214
아시아나항공 1588-8000

일곱째마당 담양을 소개합니다

쉼과 치유가 있는 곳 **이원석** | 자연의 아름다움에 깃든 담양 **김병구**
안녕하세요, 담양 스타일 **이민규** | 홀로 떠난 담양 여행기 **홍연오**

쉼과 치유가 있는 곳

이원석

영화의 배경이 되었던 길

담양을 찾은 것은 5월 중순, 나날이 푸르른 싱그러움이 더해 갈 때였다.

담양에 꼭 한 번 가봐야겠다고 생각했던 것은 몇 년 전 〈가을로〉란 영화를 보면서였다. 영화의 배경이 되었던 삼풍백화점 붕괴 사고가 일어났던 곳이 집 근처였다. 실제 지인 중 몇 분이 그 사고로 돌아가시기도 했었다. 그 사건을 영화에서 어떻게 그리고 있는지 궁금했다. 영화는 어떤 길에서 마지막을 맺는다. 사랑하는 여인을 붕괴 사고로 잃은 주인공은 그녀와 함께 했던 추억을 되짚어 가는 여정을 떠나는데, 그 길은 그 여정의 마지막 종착지였다. 그런데 그 길은 지금까지 본 적이 없었던 정말 멋진 길이었다. 길 양옆으로는 커다란 아름드리나무들이 줄지어 서 있었고, 그 사이로 쭉 뻗은 길이 인상적이었다. 마치 죽음으로 단절되었던 사랑하는 여인과 주인공 간의 감정의 교감이 그 길을 통해 연결되는 듯 보였으며, 동시에 그럼에도 삶을 살아가야 하는 주인공의 새로운 길을 예고해 주는 듯했다. 그 길은 끝이 아닌 새로운 시작을 의미했다. 그 길에 꼭 가보고 싶었다. 그 길이 있는 곳은 담양, 그리고 그 길은 '메타세쿼이아 길' 이었다.

회사에 다니고 있었고, 또 사는 곳이 경기도 일산이라 막상 시간을 내기는 쉽지 않았다. 그러다 담양에 가봐야겠다는 생각을 하게 된 것은 회사 일로 지쳐 갔을 때였다. 빠르게 돌아가는 회사라는 조직 생활 속에서 정작 나 자신을 잃어 가는 듯했다.

쉼이 필요했다. 그때 우연히 인터넷을 검색하다 '담양 슬로시티' 라는 문구를 발견할 수 있었다. '슬로시티-느림과 비움' 라는 단어 속에는 마치 자연과 쉼, 그리고 삶의 여유가 함축되어 있는 것처럼 느껴졌다. 바로 회사 업무를 정리하고, 휴가를 내었다. 그리고 담양으로 향했다.

슬로시티, 느림과 비움

담양에 와서 가장 먼저 찾은 곳은 메타세쿼이아 길이었다. 아내와 아들과 그 길 끝까지 걸었다. 그리고 돌아오는 길에는 자전거를 빌려 함께 탔다. 눈부신 햇살이 푸르름이 더해 가고 있는 메타세쿼이아 나무들 가지 사이로 부서져 내리고 있었다. 양옆의 나무 사이로 확 트인 길은 그곳을 바라보는 내 가슴도 트이게 했다.

죽통밥을 먹고, 삼지내 마을로 향했다. 식당에서 밥이 담겨 있던 대나무 통을 가져가라고 주었는데, 다섯 살 난 아들은 그것이 너무 신난 모양이다. 차로 이동하는 동안 한참을 가지고 놀고 있다.

삼지내 마을을 돌아보고 관방제림으로 갔다. 관방제림은 장마나 홍수때 관방천의 범람을 막기 위해 쌓아 놓은 제방이다. 제방을 오래 유지하기위해 나무를 심었는데, 그것이 지금의 관방제림을 있게 한 것이다. 관방제림의 산책로는 메타세쿼이아 길과는 다른 느낌이었다. 메타세쿼이아 길은그 자체로 멋진 풍경을 만들어 낸다면, 관방제림의 나무들은 사람에게 가까이 친근하게 다가와 서 있는 것 같았다. 다섯 살 난 아들의 손을 잡고 관방천에 있는 징검다리를 건넜다. 아들은 물속에 있는 물고기를 관찰하느라 여념이 없다. 나무 그늘 아래 앉아서 책을 읽었다. 책을 읽는 동안 물가에서 놀고 있는 아내와 아이, 그 뒤로 관방천 위로 흩어지는 햇볕을 바라보며 말할 수 없는 편안함을 경험할 수 있었다.

그렇게 하루를 보내고 숙소로 돌아갔다. 계획은 다음 날 오전 일찍 출발하는 것이었다. 그런데 장모님으로부터 전화가 왔다. 죽녹원에 가 보았냐는 것이다. 담양에 가면 반드시 가 봐야 한다고 신신당부를 하셨다. 담양에 올 때부터 죽녹원을 알고는 있었지만, 대나무 숲에 대하여 그렇게 큰 기대는 없었다. 예전에 〈알포인트〉라는 공포영화를 본 적이 있었다. 베트남 전쟁을 배

경으로 하는 영화라 대나무 숲이 자주 등장한다. 영화 자체가 워낙 수작이었
다. 그런데 잘 만들어진 공포영화라는 것은 영화의 배경 또한 무섭고 음산하
다는 것을 의미한다. 영화가 주는 힘이 대단한 것인지는 몰라도 대나무 숲에
대한 인식이 조금은 부정적이었던 것이 사실이었다. 하지만 어른 말씀을 듣
고 손해 보는 일은 없다는 생각에 다음 날 죽녹원에 가 보기로 했다.

높게 솟은 대나무 사이에 있는
죽순이 너무 앙증맞고 귀엽다.

바람이 불면 흔들리고, 서로 부딪치고

다음 날, 아침을 여유 있게 먹고 다시 관방제림을 거닐었다. 5월의 청명함이 가득했다. 그리고 그 앞에 위치한 죽녹원으로 향했다. 입구에 있는 작은 언덕을 오르고 대나무 숲에 들어섰다. 그리고 한동안 움직일 수 없었다.

바람 소리.

시원하고 청명한 푸르른 바람 소리가 그곳에 있었다. 바람이 대나무와 만나 만들어 내는 소리는 그렇게 가슴을 쳐서 그동안 쌓여 있던 온갖 답답함을 쓸어내리는 것 같았다. 대나무 숲을 천천히 걷기 시작했다. 바람이 불 때마다 대나무는 서로 만나 달그락 거리는 소리를 만들어 내었다. 걸음을 멈추고 그 소리를 듣는다. 그 소리는 마음을 무척 편하게 만들었다. 다시 천천히 걷기 시작했다.

걸으면서 대나무를 바라보았다. 바람이 불면 흔들리고, 서로 부딪치고 있었다. 하지만 그런 흔들림 속에서, 그런 부딪침 속에서 청명한 소리를 만들어 내었다. 삶도 이렇게 살아야 하지 않을까. 때때로 사람들은 참으로 흔들리는 존재들이란 생각을 하게 된다. 그리고 그런 흔들림 속에서 서로 상처를 주고받는다. 삶은 관계의 연속이며, 사람 사이는 흔들림과 부딪침의 연속이다. 하지만 그 속에서 대나무의 소리와 같은 아름다운 관계를 만들어 낼 수 있는 그런 삶을 살아 보고 싶다는 생각을 하게 된다.

대나무 사이에 저만치 작은 죽순이 자라고 있었다. 높게 솟은 대나무 사이에 있는 죽순이 너무 앙증맞고 귀엽다. 죽순을 보면서 아들이 떠올랐다. 죽순은 비가 오면 순식간에 자란다고 한다. 아들도 마찬가지다. 태어난 것이 불과 며칠 전 같은데, 벌써 다섯 살이 되어 뛰어다니고 있다. 비가 오고 나면 죽순이 순식간에 자라듯이, 아들은 아프고 나면 부쩍부쩍 자라고 있다. 아들에게 어떤 아버지가 되어 줄 수 있을까. 최소한 아들이 마음껏 성장할 수 있는 환경만큼은 만들어 주고 싶다.

문득, 지금 서 있는 이 멋진 풍경 속에서 내가 혼자가 아니라는 사실이 사무치도록 감사했다. 지금 이 시간을 함께 누리는 가족이 있고, 함께 이 길을 걸어 갈 수 있다는 사실이 감사했다. 저만치 앞에 사랑하는 가족이 걸어가고 있다. 아내는 내가 혼자만의 시간을 갖도록 배려해서 아들의 손을 잡고, 저만치 걸어가고 있다. 달려가 아내와 아들의 손을 잡았다.

죽향문화체험마을

대나무 숲을 벗어나자 푸른 초지가 보였다. 그토록 싱그러운 초록색으로 가득 차 있는 풀밭은 처음 본 것 같다. 주위에는 연못도 있다. 안내서를 보니 죽향문화체험마을이다. 아들은 연못 주위에서 오리들을 발견하고 신나서 바로 뛰어간다. 어미 오리가 새끼 오리 네 마리를 데리고 연못으로 향하고 있다. 아들이 뒤에 있는데도 오리들은 놀라지 않는다. 아들은 오리 뒤에서 오리의 걸음을 흉내 내며 걷는다. 아들이 오리들과 노는 모습을 한참을 바라보고 주변을 걷기 시작했다.

산책하다 작은 다실 같은 곳이 보여서 가까이 가 보았다. 다실이 맞았다. 그곳에서 다도체험을 할 수 있다고 해서 즐거운 마음으로 자리를 잡았다. 평일이라 그런지 다실에는 우리 가족뿐이었다. 다실에 계신 선생님께서 다기 도구를 내오셨다. 평소에도 차를 즐겨 마시는 터라 차에 대한 지식은 조금 있었다. 집에서 차 내리는 다기를 어느 정도 구비해 놓고, 자주 차를 내려 마신다. 그런데 이곳에서 마시는 차 맛은 조금 특별했다. 분명 녹차는 맞는데, 향이 은은하면서 깊었다. 그리고 끝 맛은 약간의 감칠맛이 느껴졌다. 다실의 선생님께서 '죽로차' 라고 소개해 주셨다. 대나무 숲에서 대나무 이슬을 머금고 자란 차나무라 다를 수밖에 없다고 말씀하신다. 차 맛이 정말 달랐다. 차의 은은한 향과 깊은 맛이 머리를 맑게 하는 느낌이

죽향문화체험마을
담양의 정자와 소리 전수관,
죽로차 제다실 등 담양의 역사
문화를 체험할 수 있다.

죽로차
차의 은은한 향과 깊은 맛이
머리를 맑게 하는 느낌이다.

다. 아들을 앉게 하고 차를 마실 때의 자세와 다기 잡는 법에 대하여 설명해 주기 시작했다. 다실의 선생님께서는 아버지가 아들에게 직접 차 마시는 법을 알려주는 모습이 보기 좋았는지 옆에서 거들어 주셨다. 그러시더니 잠시 후 딸기를 내어 오신다. 뜻하지 않은 환대였다. 그리고 우리 가족과 함께 차를 마시면서 이런 저런 대화를 나누었다. 전혀 뜻하지 않은 장소에서 좋은 차를 마실 수 있고, 뜻하지 않는 좋은 시간을 보낼 수 있는 것. 바로 이것이 삶이 주는 작은 깜짝 선물일 것이다.

쉼, 편안함, 그리고 치유

죽녹원을 마지막으로 집으로 향했다. 차를 운전하면서 대나무의 마디를 생각했다. 대나무는 마디가 있음으로 해서 비바람에 쉽게 부러지지 않을 수 있다고 한다. 그리고 대나무는 마디와 마디 사이가 자라는 특성을 가진 식물이라고 한다. 대나무의 마디는 딱딱하고 검게 박혀 있지만, 대나무를 강하게 하면서 동시에 성장시키는 그런 역할을 하는 것이다. 사회에 나와서 삶을 살아가다 보면 참 힘겨울 때가 많았다. 또한 삶의 과정 가운데서 지나기 힘든 굴곡이 있을 때도 있었다. 그리고 결혼을 해서 가장이 되고, 또 아버지로 살아가는 것이 버거울 때도 있었다. 삶이 주는 고통은 내 삶 군데군데, 마디마디에 옹이 진 상태로 그렇게 박혀 있었다. 그런데 어쩌면 그런 삶의 힘겨움이 바로 대나무의 마디와 같은 역할을 하는 것이 아닐까 하는 생각을 하게 된다. 삶의 힘든 순간은 그 당시에는 참으로 참기 어렵다. 어떻게든 벗어나고 싶은 마음뿐이었다. 하지만 어느 순간 돌아보면 그 시간을 통해 생각을 변화시킬 수 있었고, 또 그 전에는 알 수 없었던 시각을 갖게 했다. 그리고 삶을 살아가는 내성도 어느 정도 갖게 되었다. 삶을 풍성하게 하고, 지금까지와는 다른 새로운 것을 보게 하고, 그리고 성장시키는 것. 어쩌면 이것이 삶의 아픔이 주는 신비함인지 모르겠다.

담양으로 내려갈 때는 참 많이 지치고 상한 마음이었다. 하지만 담양에서 쉼을 얻고, 편안함을 경험한 후, 다시 삶의 현장으로 가는 이 길을 가면서 내 안에 왠지 모를 즐거움이 있었다. 물론 현실은 변하지 않았다. 치열한 삶의 현장도 그대로다. 하지만 그런 현실을 넉넉히 받아들일 수 있는 여유가 내 안에 생겼다. 바로 담양에서 말이다.

담양에는 쉼이 있었다.
편안함이 있었다.
그리고 치유가 있었다.

자연의 아름다움에 깃든 담양

김병구

우리나라 3대 정원의 하나

담양! 이곳에 오면 나는 땅과 산 모두가 문화유산이고 문화재인 것 같다. 담양 땅에 들어서 하늘 위로 쭉쭉 뻗은 대나무 숲들을 바라보니 별세계에 온 듯하다.

가을 하늘 역시 파랗고 산들산들 시원한 바람이 내 몸을 스쳐간다. 그냥 바람이 아니라 문화와 관광의 정취를 가득 싣고 온다. 이렇게 문화의 향기를 머금은 바람이 담양의 곳곳을 뿌려준다. 그 대표적인 것이 가사문학과 누정문화의 1번지인 한국 최고의 원림이라는 소쇄원으로 보길도의 세연정, 영양의 서석지와 더불어 우리나라 3대 정원 중 하나다.

담양 소쇄원 국가 명승 제40호는 개혁정국을 주도하던 조광조가 기묘사화로 능주로 유배되었다가 죽자 그의 문하생인 양산보가 출세의 뜻을 버리고 조성한 별서원림이다. 즉 선비들이 세속을 떠나 자연에 귀의해 은거

소쇄원
한국 최고의 원림으로 보길도의
세연정, 영양의 서석지와 더불어
우리나라 3대 정원 중 하나다.

생활을 하기 위해 지어진 곳으로 당대 최고의 지식인들이 이곳을 드나들면서 풍광을 관상하고 사유와 만남의 지평을 넓혔던 유서 깊은 유적지다.

깊고 맑을 소瀟, 비바람 소리 쇄灑

나는 답답한 마음이 들면 광주에서 그리 멀지 않은 소쇄원으로 가족과 함께 곧장 달린다. 여기서 자녀들과 함께 역사를 배우고, 자연을 살피며 심성이 바르도록 정서함양에 힘쓴다. 소쇄원의 백미는 소리를 듣는 것에 있다. 즉 소쇄원은 듣는 정원이요, 소리를 위한 정원이다. '소쇄' 하고 입 속에 넣으면 바람 소리가 들린다. 대나무가 바람에 흔들리며 서로 몸을 비비는 소리는 깊고 맑을 '소瀟' 자에 비바람 소리 '쇄灑' 자이다.

이곳에서 나는 선현들과 시인 묵객들이 시와 그림 그리고 음악의 대상이 되었던 주변의 나무들에게 깊은 관심을 갖는다. 개울물이 졸졸졸 흐르는 사이 하늘을 치솟은 대나무 숲은 청량한 바람과 함께 노래로 번뇌를 씻어 주며 이곳을 찾은 이들을 압도한다. 조선시대의 문인 하서 김인후는 '높은 바다에 실린 구름의 형상' 이라고 대숲을 향해 노래했다. 특히 그는 '도가 있으면 나타나고 도가 없으면 은둔한다' 는 공자의 말씀을 몸소 실천한 선비다.

소쇄원을 좀 더 세밀히 보면 바깥 세상과 단절된 것 같은 정원이다. 안과 바깥 세상을 연결해 주는 것이 대숲이다. 그렇지만 국문학(한문학)자들은 소쇄원 48영의 여러 시詩편과 더불어 기묘사화와 양산보를, 건축가들은 광풍각, 제월당을, 유교 문화에서는 후원과 담장, 매대를, 조경학자들은 조선시대의 정원으로 그 구조와 정원수들의 조화를 살펴볼 것이다.

나는 친구들과 함께 정자의 난간에 서 본다.

쉼없이 쏟아지는 계곡의 물줄기를 바라보면서 계절의 변화를 느끼고 정치적 허무주의 속에서도 우리의 선비들은 멋을 놓지 않고 세속의 시름을 잊은 것 같다고 친구들은 말한다. 소쇄원을 진정으로 느끼려면 하서 김인후의 5언절구로 표현된 소쇄원 48영을 감상해야 한다. 물, 돌, 정자, 화목 등 자연경관의 배치를 질서와 조화로 이룬 소쇄원의 전경이 형상화되어 있다. 뒷 담벽에는 '소쇄처사양공지려瀟灑處士梁公之廬'라고 송시열이 쓴 글이 지금까지 자리를 지키고 있다. 王한 도도한 자태로 오랫동안 소쇄원을 지켜온 측백나무 한 그루는 수명을 다한 고사목으로 여전히 남아 있다.

계산풍류 담양

대숲 사이로 난 길을 따라 들어가니 대봉대가 반긴다. 옛 주인이 찾아오는 손님을 버선발로 맞았다는 곳이다. 그 옆에는 배롱나무 꽃이 활짝 피어 있다. 그 건너편은 중심 건물인 비개인 뒤 햇빛 가득 머금은 청량한 바람이라는 이 정원의 정점인 광풍각이다. 나는 여기서 가족들과 더불어 광풍처럼 몰아치는 비바람 자체를 감상한다. 그리고 계곡의 물소리에 음악이 들리는 듯 무아의 지경에 빠져든다. 그 옆 한 그루 소나무 역시 시와 그림 노래의 대상으로 무척 행복하게 살았던 나무로 많은 사람들의 벗이었고 스승이었던 셈이다.

또한 소쇄원의 경관을 읊은 시문詩文에서도 갖가지 꽃과 나무들이 가득하다. 노란 산수유는 자손의 번창을, 석류는 형제간의 우애를, 백목련은 본부인을 의미하며, 자목련은 둘째부인을 뜻하며, 씨앗이 하나인 대추나무는 큰 인물을 기대하며, 감나무는 접을 붙여야 크게 열리기 때문에 집안에 훌륭한 사위나 며느리가 들어오게 해 달라는 희망 섞인 바람을 뜻한다.

이렇게 이곳 담양이 누정문화의 중심지가 된 것은 기라성 같은 큰 선비가 많았기 때문이다. 따라서 호남 문화에서 대표적인 가사 문학권인 담양을 계산풍류谿山風流라 한다. 무등산 원효사에서 시작된 물줄기가 담양으로 흘러 들어오는 길목에 정자들이 있었기 때문에 시문학이 꽃을 피웠다. 이 같이 오래된 정자들의 옆에는 오래된 나무들과 선비들의 숨소리가 남아

식영정
정철의 「성산별곡」의 탄생지
로 성산가단의 모태가 되는 곳
이다.

있다. 나 또한 오래된 나무를 만나면 커다란 즐거움을 느낀다. 그리고 나무에게 말을 건넨다. 우거진 풀숲에서 나무들과 주고받는 무언의 말은 하나의 역사를 이어 주면서 우리 인간에게 행복을 전달해 주기 때문이다. 이렇게 소쇄원은 사대부의 이상형인 도가적 무위자연의 삶으로, 자연 속 정원으로 구현된 것이 아닐까.

다음은 광주호를 몇 굽이 돌아 홍송 무리 언덕에 있는 호남 정자의 대표적인 식영정을 찾았다. 그림자도 쉬어갈 만큼 아름답다는 곳, 학창시절 수없이 들었던 송강 정철의 「성산별곡」의 탄생지다. 비스듬히 누워 있는 계단을 오르니 정자의 넓은 뜰에 「성산별곡」의 시비가 있다. 더듬더듬 읽어보며 옛 학창 시절을 회상해 본다. 즉 식영정에 오르거든 눈에 보이는 모든 것은 뜬구름 같다는 철학선생님이 진정한 나의 모습이 무엇인가를 숙제로 주었던 일이 생각난다.

'굽어보면 땅이요俛有地, 우러러보면 하늘仰有天' 이라고 시작된 송순의 「면앙정 삼언가」를 떠올리며 주변의 경관을 둘러보면 천지간에 서 있는 정자의 운치가 더욱 새롭다.

명옥헌에 이르니 그 이름처럼 계곡을 따라 흐르는 물소리가 구슬 부서지는 소리처럼 들리는 것 같다. 배롱나무는 연못과 함께 화창하게 꽃을 피우고 있다. 또한 은행나무는 인조대왕이 왕이 되기 전 이곳을 직접 방문할 때 말馬을 매었던 나무로 역사적 상징성을 보여주고 있는 유력한 유림이었다.

자연의 아름다움에 깃든 담양!

이제 누정문화를 지나 자연의 아름다움에 깃든 생태 도시 담양을 둘러보자.

현실 정치에 좌절한 선비들의 지조로 남은 소쇄원의 나무들 뿐이랴, 5만여 평에 이르는 죽녹원에서 자녀들 그리고 학생들과 더불어 숲 해설을 위해 대숲의 오솔길을 걸으며 마음껏 죽림욕을 즐기는 곳은 담양이 아니고서는 맛볼 수 없는 천혜의 축복이다.

그 건너편에는 수령 400년이 넘는 천연기념물 제366호 푸조나무로 우거진 울창한 관방제림이 있다. 그곳에서 영산강 최상류인 관방천의 맑은 물에 발을 담가볼 일이다. 조선 태조 이성계가 심었다고 하는 천연기념물 제284호 한재초교 느티나무와 천연기념물 제482호인 무정면 봉안리의 은행나무도 우리가 지나칠 수 없는 담양 군민의 자랑거리로 연구와 관광 학습의 장이다. 여기에 주민 토론의 장도 마련하여 자연 문화 유산의 소중함을 깨닫도록 하자.

또한 도로 양편에 늘어선 메타세쿼이아가 푸른 잎새로 하늘을 가득 채우고 서로 부벼대며 사각거리는 소리는 담양에서만 느끼고 볼 수 있는 사계절 관광상품인 것이다.

여기서 우리는 담양의 음식문화를 말하지 않을 수 없다. 담양의 브랜드 쌀인 '대숲맑은쌀'에 한 잔의 대잎술(추성주)은 담양에서만 맛볼 수 있는 명품 중의 명품주名品酒임을 입증하였고, 이에 함께하는 점심도 관광객들에게 깊은 인상을 남겼다.

대잎술(추성주 4호)
추성주는 담양에서만 맛볼 수 있는 명품주다.

담양 관광 투어는 오랫동안 가족과 친구는 물론 서울과 각지에 흩어져 있는 지인들을 매년 한두 차례 초청하는 것으로 이어지곤 했다. 담양 지역이 한 차원을 넘어 녹색으로 물드는 생태도시로 변모하고 있음을 보여주고 싶었기 때문이다.

천혜의 아름다운 자연 환경과 풍부하고 잘 보존된 환경 자원 - 대나무 숲, 문화 자원 - 가사문학권을 더욱더 활성화시켜 관광, 문화, 자연을 어우르는 생태도시 일번지로 비약시키는 담양임을 알리는 계기가 되었다.

나는 이렇게 담양의 문화유산과 자연에 깊이 빠져 있다. 미술가 고유섭은 '종소리는 때리는 자의 힘만큼 울려 퍼진다'고 했다. 앞으로 더욱더 담양의 문화 유산과 자연을 오래도록 간직하고 사랑할 것이다.

안녕하세요,
담양 스타일

이민규

자연과 문학이 살아 숨 쉬는 담양

지난 2011년 여름, 여느 때와 다름없이 학교에서의 업무 스트레스와 고단함에 지쳐 있을 때였습니다. 방학인데도 보충수업과 학생 진로지도에 온 신경을 집중하고 있던 저에게, 아내는 이제 가족에게도 관심을 좀 가져 보는 것이 어떻겠느냐며 여름 휴가 계획에 대해 한참이나 긴 설명을 늘어놓았습니다. 피곤한데 무슨 여행이냐며 집에서 맛있는 음식을 만들어 먹으면서 쉬는 편이 나을 거라는 말을 하고 싶었지만, 이번에는 확실히 여행을 가고야 말겠다고 단단히 각오를 한 아내를 도저히 이겨낼 도리가 없어서 일단 그냥 듣기로 했습니다.

아내가 제안한 여행지는 다름 아닌 '담양'이었는데, 국어교사인 남편의 관심사를 배려해서 여행코스를 이곳으로 정했다는 것이었습니다. 사실 우리 가족은 강원도나 서해안으로는 가끔씩 간 적이 있었지만 전라권으로

는 제대로 된 여행을 한 적이 없었기 때문에 들을수록 흥미가 발동했고 점
점 기대와 관심이 커지게 되었습니다. 그래서 조금은 갑작스러운 일정이
지만 대충 짐을 챙겨서 곧바로 담양으로 향하게 되었습니다. '어디를 갈
지', '잠은 어디서 자야 할지', '무엇을 먹을지' 어느 것 하나 구체적이지
않았지만 일상을 떠나 새로운 곳, 자연과 문학이 살아 숨 쉬는 '담양'으로
향하는 발걸음은 설레고 가슴 벅차는 일이었습니다.

면앙정
송순은 이곳에서 퇴계 이황
등 강호제현과 학문을 논하며
후학을 양성했다.

유기농 단감으로 유명한 시목마을

　　서울에서 네 시간 정도를 꼬박 달려 담양에 도
착하니 서울과 달리 도로 위에 차가 적고 한가로운 풍광에 마음이 탁 트이
는 기분이 들었습니다. 그렇지만 너무 먼 거리를 와서인지 점점 날이 어두
워져 가고 있어서 숙소를 빨리 마련해야겠다는 생각에 일단 '슬로시티' 슬

시목마을 단감
유기농 단감으로 민박 등 마을
특화사업을 진행해 많은 이들이
찾는다.

로건으로 유명세를 탄 한옥 마을로 향했습니다. 그런데 이게 웬 날벼락! 이미 한 달 전에 예약이 끝나서 방이 없다고 했습니다. 야속한 마음이 잠깐 들기도 했지만 준비 없이 갑자기 떠난 여행에 이 정도는 감수해야 한다고 위로하고, 아내와 세 살 난 아들과 함께 셋이서 이 멋진 장소에 대한 사진이라도 남기자는 마음으로 열심히 포즈를 취하고 있던 그때! 한옥 민박집 사장님께서 인근에 위치한 '시목마을' 부녀회장님과 통화하시더니 방이 하나 남아 있다고 빨리 가보라는 말을 전해주셨습니다.

시골길이라 불빛도 없는 가운데 산도 하나 넘고 꼬불꼬불 마을로 들어가서 겨우 찾은 마을 회관 옆에 민박이 하나 있었는데, 정말 운이 좋게도 방이 두 개밖에 없는 민박에 방 한 개가 비어 있는 것이었습니다. 유기농 단감으로 유명한 '시목마을'의 명칭의 유래나 명품 마을을 지향하고 있는 마을의 특화사업 등에 대해 친절하게 설명을 듣고, 짐을 풀어 놓은 다음, 이제 주린 배를 채워야겠다고 생각해서 담양에서 유명하다고 하는 식당을 인터넷으로 검색하고 있었는데, 뜻밖에도 아까 그 부녀회장님이 오늘 마을 잔치가 있어서 음식이 많이 남았다며 저녁 식사에 초대해 주셔서 푸짐한 식사를 대접받았고, 저녁에는 '소원 등'을 날리는 체험도 할 수 있었습니다. 그리고 그날 밤에는 자연의 소리를 들으면서 오늘의 크고 작은 이벤트들을 떠올리는 가운데 기분 좋게 잠들 수 있었습니다.

현대인들의 안식처 소쇄원

다음 날은 일정이 좀 바빴습니다. 서울에서 담양까지 내려오느라 많은 시간을 쓴 탓에 하루 종일 담양의 명소들을 다녀야 했기 때문입니다. 먼저 간 곳은 담양의 가사문학이 살아 있는 '가사문학관'이었고, 다음으로 '소쇄원', '소영정', '송강정', '면앙정'의 순서로 이동하였습니다.

가사문학관에서는 가사문학 관련 자료들이 많이 전시되고 상영되고 있어서 학교에서 수업자료로 활용하면 좋겠다는 생각에 눈이 휘둥그레졌습니다. 사진도 찍고, 동영상 촬영도 하면서 시간 가는 줄 몰랐습니다. 식영정을 비롯한 송강정, 면앙정에서는 마치 가사 문학의 거장인 정철과 송순이 된 듯 자연 속에서 문학적 향취를 느껴보기도 했습니다. 그러나 이러한 장소들 못지않게 값진 유적지는 다름 아닌 '소쇄원'이었습니다. 양산보가 출세의 뜻을 버리고 자연 속에 숨어 살기 위하여 꾸민 별서정원別墅庭園 소쇄원은 휴식과 낭만을 동시에 느낄 수 있는 곳이었고, 일상에서 탈출한 현대인들의 안식처가 되어 주기에 충분하고 부담 없는 장소라는 생각이 들었습니다.

가사문학의 정수를 충분히 맛본 다음에는 입을 즐겁게 할 담양이 자랑하는 음식을 맛보기로 했습니다. 이미 KBS 인기 예능 프로그램인 1박 2일에 언급되어서 유명세를 탄 떡갈비집이 있다고 해서 단걸음에 찾아가서 맛있게 먹었는데, 가격이 약간 비싼 편이기는 했지만 워낙 맛이 일품이어서 '일부러 찾아와서 먹을 만하구나' 하는 생각이 들었습니다. 그리고 나서는 담양이 자랑하는 대나무 숲만큼이나 아름다운 메타세쿼이아 길로 향했습니다. 마침 그곳에서 풍물패가 축제에 흥을 돋우고 있어서 공연 구경도 할 수 있었고, 2인용 자전거를 빌려서 가족과 함께 타고 가로수길 일대를 훑어 볼 수 있었는데, 홍보문구 그대로 '초록빛 꿈의 길로 안내받는 느낌'이 들어서 좋았습니다.

학생들을 위한 여행코스

이렇게 담양에서의 짧지만 알찬 일정을 소화하고 아쉽지만 서울로 돌아오게 되었는데, 올라가는 차 안에서 계속해서 머릿속에 남는 생각은 바로 '학생들을 위한 여행코스'로 개발되면 좋겠다는 것이었습니다.

　그래서 당장 2012년 주제별 탐구학습(수학여행)에 적용해 보기로 했고, 올해 초에 구체적인 일정을 계획하기 위해 여행사 직원과 함께 다시 담양으로 내려와 여행지를 직접 둘러보고 식당과 숙소도 예약하게 되었습니다.

　2학년 학생들을 대상으로 실시하는 주제별 탐구학습의 인솔자로서 여행 코스를 사전에 직접 답사한 뒤, 학생들의 창의적 체험활동 장소로서 교육적인 의미가 있는지를 꼼꼼히 따져 가면서, 첫째 날은 '문학 기행', 둘째 날은 '자연 생태 기행' 이라고 주제도 거창하게 정했고, 또한 이러한 일련

떡갈비
손으로 잔 칼질을 해서 고기가
부드럽고 석쇠에 구워 고소하다.

의 활동들이 학교 교육 활동과 실질적인 연계가 이루어질 수 있도록 하기 위해 담양과 관련된 가사 문학 작품들을 학교 수업 시간에 학생들과 함께 읽고, 이해하기 쉽게 풀어 설명하기도 하였으며, 여행을 다녀온 후에는 학생들의 체험학습 우수 소감문 및 결과물(사진전, PPT, UCC, SNS 등)을 발표하고, 교내상으로 시상하여 격려할 수 있도록 학교에 건의하여 학생들의 진학·진로에도 실질적인 도움이 되도록 했더니 학생들의 만족도가 상당히 높아서 여행을 기획한 입장에서 뿌듯하고 기뻤습니다.

담양 나름의 스타일

담양은 다른 지역과는 확실히 차별화된 나름의 스타일이 있습니다. 그것은 '가사문학의 메카'이기도 하고, '대숲맑은 생태도시'이기도 하며, '오감 만족의 도시', '농촌 문화 체험의 장', '슬로시티'이기도 하다는 것입니다. 학생들을 인솔해서 담양에 다녀온 경험에 비추어 봤을 때, 담양이 지닌 이러한 다양한 스타일들은 널리 알려져 특화되어야 할 것 같고, 필요하다면 여행코스로 적극 개발되고 홍보될 필요가 있다는 생각이 들었습니다.

학생들이 창의력을 발휘할 수 있는 수업을 실천하도록 교육과정에 명시되어 있기는 하지만, 실제 교육현장에서는 아직도 입시 위주의 주입식 교육에서 완전히 벗어나지 못하고 있고, 교육 현장의 여건상 시스템의 한계에 직면해 있는 것이 현실입니다. 이러한 어려움을 해결하는 길은 정규 교육과정상의 프로그램으로는 한계가 있을 수밖에 없으므로, 이번에 다녀온 '(담양)주제별 탐구학습'은 패러다임의 전환점을 제공해 주었다고 감히 평가할 수 있을 것 같습니다.

담양 방문 이후 변화된 움직임으로는 학교에서 획일적이고 형식적인 교육 프로그램보다는 창의적 체험활동 프로그램을 더 많이 개발하게 되었다는 것과 학생들의 관심과 흥미를 유도하는 교육 방법을 널리 모색해 나가면서 주변에 있는 동료 교사들에게도 계속적으로 알려서 교육적 역량을 모으게 되었다는 것을 들 수 있습니다. 그리고 그러한 움직임의 구심점에는 바로 '담양 스타일'이 있습니다.

본교에서는 올해 실시된 담양 체험학습 프로그램의 성과로 내년에도 '담양'을 포함한 전라권역 체험학습을 계획하고 있고, 인근 학교에서도 긍정적으로 검토하고 있다고 들었습니다. 이는 '담양 스타일'이 매력적인 스타일이며, 학생들의 관심과 흥미를 유도해 나가는 가운데 창의력을 발휘할 수 있는 미래지향적 스타일임을 증명하는 것이고, 앞으로도 '담양 스타일'이 계속적으로 영향력을 키워갈 수 있을 것이라는 긍정적인 전망을 보여주고 있다고 할 수 있습니다. 창의적인 체험학습/활동 프로그램에 대해 고민하고 있는 학교들에게 적극 추천합니다.

"'담양 스타일'에 눈을 돌려 보십시오!", 고민 해결의 정답이 그곳에 있습니다. "클릭해 보세요~ '안녕하세요, 담양 스타일'"

홀로 떠난 담양 여행기

홍연오

'내일로' 여행과 담양

내가 담양을 답사하게 된 계기는 '내일로'를 하면서이다. 내일로 코스를 보던 중 담양에 멋진 메타세쿼이아 거리가 있다는 말에 이곳에 가기로 바로 결정하였다. 나중에 안 일이지만, 메타세쿼이아 나무는 우리 학교에도 많이 있었다. 즉, 내가 멀리 이곳까지 이 나무를 보러올 필요가 없었단 말이다. 하지만 뒤늦게 학교에서 다시 본 이 나무도 좋았지만, 담양의 메타세쿼이아는 이곳의 분위기와 함께 어우러져 이곳만의 독특한 분위기를 만들어 내어 특별했던 것 같다.

14:12 담양 터미널 도착. 서대전 역에서 기차를 타고 광주로 가서 광주에서 다시 지원 151번 버스를 타고 광천터미널까지 갔다. 광천터미널에서 다시 담양행 버스를 타고 담양터미널까지 갔다. 거의 1시간 반을 버스타고 간 것 같다. 담양터미널에 도착해 보니 뭔가 횅한 느낌이었다. 시골에 왔

다는 느낌이 들었달까? 사람도 별로 없었다. 어디로 가야 할지 몰라 길을 헤매다가 동네 주민분에게 메타세쿼이아 길을 어떻게 가야 하는지 물었다. 그래서 겨우 가야 할 방향을 잡을 수 있었다. 걸어가는데 도로가에 있는 메타세쿼이아 나무가 정말 아름답게 줄지어 있었다. 거기에 나무 틈새로 빛까지 환상적으로 새어 나오니 마치 영화에 나오는 한 장면 같았다. 나는 이 아름다움에 홀려 들고 있던 카메라의 셔터를 나도 모르게 열심히 눌렀다. 이렇게 정신없이 사진을 찍으며 30분 걷다 보니 어느새 나는 메타세쿼이아 길에 도착했다.

도착해서 보니 길에서와는 다르게 이곳은 정말 사람이 많았다. 연인들끼리 온 사람들, 졸업식 끝나고 같이 온 가족들, 산책 온 동네 사람들, 나처럼 여행 온 사람들 등등 정말 많은 사람들이 있었다. 하지만 혼자 온 사람은 오직 나뿐이었다. 그래서일까? 웬지 더 쓸쓸하게 느껴졌지만, 내가 혼자 여행 떠난 이유를 되새기며 마음을 다잡았다. 그리고는 "다음에는 이 좋은 곳에 여자친구랑 함께 와야지!"라고 마음 먹었다.

사진을 찍으며 돌아다니는데 여기는 예술적인 작품들이 많이 있었다. 사소하게 생각할 수도 있는 벽면에 예술작품들을 장식해 놓았고 길가에는 아기자기한 작품들이 많이 세워져 있었다. 벽에 걸려 있는 도자기들, 새들, 그리고 큰 장기말들이 바닥에 놓여 있었는데 정말 이 장소와 잘 어울린다는 느낌을 받았다. 좀 더 걸어가다 보면 길 너머 한편에 장승 무리가 모여 있다. 아빠 장승, 엄마 장승, 못생긴 장승 등등. 이러한 것을 다 둘러보고 오는 길에 도로 밑 터널에 작은 예술관이 하나 있는 것을 발견하였다. 그냥 터널로 놔두어도 될 것인데 이렇게 아름다운 작은 미술관으로 꾸며 놓다니. 세심한 것 하나하나에 신경을 많이 쓴 이곳이 더욱 마음에 들기 시작했다.

작은 미술관을 구경하고 나오는데 사람들이 '담양군' 이라고 적혀 있는 자전거를 타고 오는 것이 아닌가. 분명 여기 자전거 대여가 없어졌다고 했는데 의문을 느낀 나는 그 사람들에게 가서 물어보았다.

"저기요. 혹시 자전거 어디서 빌리셨어요?"

그러자 그 사람은 "담양 터미널에서 빌려주는데요."라고 말했다. 이제 자전거 대여가 없어졌다고 말한 대전에 사는 군대 후임이 미워졌다. 하지만 그 덕에 아름다운 메타세쿼이아 나무가 늘어서 있는 도로를 걸어올 수 있었고, 멋진 사진도 많이 찍을 수 있었으니 꼭 나쁘다고만 할 수 없는 일이었다.

열심히 돌아다니다 보니 허기가 저 나는 메타세쿼이아 길 뒷편에서 "도넛 한번 드셔보고 가세요."라는 말에 정신이 번뜩 들어 그리로 얼른 발길을 돌렸다. 도넛을 공짜로 시식해 보란다. 먹어보니 배가 고파서일까 무척이나 맛있었다. 바로 2,000원치 달라고 한 나는 도넛을 먹으며 담양에 대해서 이것저것 물어보았다. 아주머니 말씀이 이곳에는 국수거리라고 있는데 맛이 일품이란다. 맛난 걸 좋아하는 난 이런 곳을 결코 놓치고 갈 수 없다. 그래서 다음 행선지는 담양 국수거리로 결정하였다.

관방제림에서 만난 따뜻한 사람들

국수거리로 나는 관방제림을 거쳐 갔다. 정말 이곳은 물이 맑았다. 내가 사는 대구의 신천이 생각났다. 신천은 도시적 느낌이 강하다면, 이곳은 시골의 산책길과 도시의 산책길을 함께 어울려 놓았다는 느낌을 준다. 이런 생각을 하며 이리저리 돌아보며 걸어가고 있는데 앞쪽에 아주머니 세 분이 걷고 계셨다. 이것저것 물어볼 생각으로 아주머니께 말을 걸었다.

"아주머니, 국수거리는 이리로 쭉 가면 나오나요?"

"타지에서 혼자 여행 왔나봐. 이리로 쭉 가면 나오지."

눈꽃에 덮인 강변과 살얼음
깔린 물빛이 아름답다.

어느새 아주머니들께서는 담양에 대한 이런저런 이야기도 들려 주시고, 관광지 소개도 해 주셨다. 그리고 내 목에 걸려 있는 카메라를 보시고는 사진을 찍어 달라고 하셨다. 아주 멋지게 찍어드리고 싶은 마음에 관방제림의 멋들어진 나무를 배경으로 3번이나 찍어드렸다. 아주머니들도 나와의 이야기가 재미있으셨는지 원래 산책코스가 아닌데 나와 함께 국수거리 끝까지 걸어와 주셨다. 헤어지며 "학생, 우리가 밥만 안 먹었어도 같이 국수 먹으며, 국수 한 그릇 사주는 건데. 아쉬워." 이러셨다. 정말 담양에는 아직도 사람의 정이 남아 있는 것 같다. 담양에서 서로 형님, 아우하며 오랜 시간 함께 지내셨다는 이 세 아주머니들의 모습이 정말 아름다워 보였다. 도시에서는 정말 이런 모습을 보기 힘들었는데. 무언가 따뜻한 정이 느껴졌다. 이곳에서 이분들은 만난 난 참 운이 좋은 사람인가 보다.

비빔국수와 약계란

아주머니들과 헤어지고 국수거리에 들어선 나는 거리 끝까지 가 보았지만, 첫 번째 집이 사람들이 제일 많았던 것 같았다. 그래서 첫 번째 집으로 결정! 메뉴는 아주 단출하였다. 비빔국수과 그냥 멸치국수, 그리고 약계란. 난 맵지 않다는 아주머니의 말에 비빔국수와 약계란을 주문하였다. 와… 먹어 본 비빔국수의 맛은 내가 먹어본 지금까지의 국수 중 최고였다. 그리고 약계란 또한 야들야들한 것이 정말 맛있었다. 거기다 가격도 아주 저렴하였다. 정신없이 비빔국수와 약계란 3개를 먹고 나니 배가 정말 불렀다. 부른 배를 부여잡고 난 숙소를 향해 떠났다.

담양 대나무 참숯 불가마

인도도 없는 한적한 길을 한참 걸어 도착한 참숯 불가마에는 다행히도 나랑 같이 도착한 한 가족이 있었다. 함께 찜질방에 들어가 보니 한 아저씨 빼고는 우리가 이곳의 유일한 손님이었다. 사람이 많을 줄 알았는데, 조금은 당황스러웠다. 그래도 이 가족이 날 버리지 않으시고 함께 챙겨 주셔서 너무 감사하였다. 같이 단술도 먹고, 찜질도 하면서 이런저런 이야기를 도란도란 나누었다. 이 가족은 아버지, 어머니, 딸 이렇게 3분이 오셨는데 오빠는 일이 있어 함께 오지 못하였다고 했다. 무슨 일이 있으면 가족이 다 함께 가야 한다는 이 가족을 보니 참 마음이 훈훈해졌다. 딸은 지금 임용에 합격하여서 광주에서 중학교 선생님을 하고 있다는 말을 들으니, 가정환경이 좋으면 자식들 또한 잘 되는가 보다 하는 생각이 들었다.

찜질방 휴게실은 너무 커서 어떻게 잘까 걱정을 하였는데, 다행히 예약했던 분들이 안 오셔서 우린 불가마 사이에 있는 작은 휴게실에서 '전기장판'을 켜 놓고 오순도순 잠들었다.

다음 날 일어나 몸무게를 재어 봤는데 역시 열심히 땀을 빼서 그런지 1kg나 줄어 있었다. 그리곤 나갈 준비를 하는데 어제 함께한 이 가족이 걸어가면 힘들다고 죽녹원까지 함께 가자고 차에 태워주셨다. 난 어제도 너무 잘해주셔서 죄송스러웠지만 한편으로 정말 감사하였다. 죽녹원에 도착해 보니 개장 시간이 조금 남아서 어제 갔던 국수집에 가서 이번에는 '멸치국수'와 함께 약계란을 먹었다. 역시 '멸치국수' 또한 맛이 일품이었다. 맛나게 식사한 난 죽녹원으로 떠났다.

죽녹원에서 거의 2시간은 구경한 거 같다. 죽녹원 뒤편 한옥체험관에 있던 시처럼 새소리가 들리고 마음이 깨끗해지는 것 같았다. 정말 좋았다. 다만 관광객들이 너무 많고, 시끄럽고, 그닥 흥미없이 관광하는 모습에 예전의 내 모습을 보는 것 같아 안타깝기도 하고, 한편으로는 짜증도 났다. 이래서 일찍 왔었는데, 이른 아침부터 사람들이 많이 붐벼 나의 예상은 빗나가 버렸다. 이런 아쉬운 마음을 뒤로하고 죽녹원을 나가서 터미널로 향하는데 댓잎 호떡이 있어 사먹었다. 처음엔 그냥 특이해서 사 먹었는데 먹어보니 정말 맛이 일품이었다. 이곳에서 먹은 먹거리들은 정말 하나 같이 맛난 것 같다. 이 댓잎 호떡과 함께 난 터미널로 걸어가며 여행을 마무리하였다.

대숲맑은 생태도시 담양답사기
내가 만난 힐링 담양

초판 1쇄 찍은 날 2013년 5월 20일
초판 1쇄 펴낸 날 2013년 5월 27일

지은이 구은숙 외

펴낸곳 담양군청 관광레저과
주소 517-802 전남 담양군 담양읍 추성로 1371(객사리99)
전화 061-380-3152~4
팩스 061-380-3579
홈페이지 www.damyang.go.kr

만든곳 도서출판 심미안
주소 501-841 광주광역시 동구 천변우로 487(학동) 2층
전화 062-651-6968
팩스 062-651-9690
메일 simmian21@hanmail.net
등록 2003년 3월 13일 제05-01-0268호

값 20,000원
ISBN 978-89-6381-096-6 03800